优秀蒙古文文学作品翻译出版工程 ★ 第九辑

梦中的白马

散文卷

内蒙古翻译家协会 / 选编

作家出版社

前　言

　　内蒙古文学作为我国社会主义文学事业的重要组成部分，是祖国北疆亮丽文化风景线上的一颗璀璨夺目的明珠。自古以来，内蒙古文学精品佳作灿若星河，绵延接续，为构建多元一体的中国文学版图贡献了应有的力量。

　　蒙古文文学创作是内蒙古文学的一抹亮色，广大少数民族作家用自己生动的笔触创作出了一大批讴歌党、讴歌祖国、讴歌人民、讴歌英雄的优秀蒙古文文学作品。鸿雁高飞凭双翼，佳作共赏靠翻译。这些优秀蒙古文文学作品并没有局限于"酒香不怕巷子深"，而是通过插上翻译的翅膀"飞入寻常百姓家"，乃至走向更广阔的世界舞台。

　　为集中向外推介展示内蒙古优秀蒙古文文学创作的丰硕成果，为使用蒙古文创作的作家搭建集中亮相的平台，让更多优秀蒙古文文学作品被读者熟知，自2011年起，由内蒙古党委宣传部、内蒙古文联、内蒙古翻译家协会联合推出文学翻译出版领域的重大项目——"优秀蒙古文文学作品翻译出版工程"。该工程旨在将内蒙古籍作家用蒙古文创作的优秀作品翻译成国家通用语言文字，面向全国出版发行和宣传推介。此工程是内蒙古自治区成立以来第一次大规模、全方位、系统化向国内外读者完整地展示优秀蒙古文文学作品成果的重大举措，是内蒙古自治区蒙古文文学创作水准的一次集体亮相，是内蒙古自治区文学翻译水平的一次整体检验，是推广普及国家通用语言文字工作的生动实践。

　　民族文学风华展，依托翻译传久远。文学翻译是笔尖的刺绣，文字的雕琢，文笔的锤炼。好的文学翻译既要忠于原著，又要高于原著，从而做到锦上添花，达到"信达雅"的理想境界。这些入选翻译工程的作品都是内蒙古老中青三代翻译家字斟句酌的精品之作，也是内蒙古文学翻译组织工作者精心策划培育出来的丰硕果实。这些作品篇幅长短各异，题材各有侧重，叙述各具特色，作品中既有对英雄主义淋漓尽致的书写，也有对凡人小事细致入微的描摹；既有对宏大叙事场景的铺陈，也有对人物内心波澜的捕捉；既有对时代发展的精彩记录，也有对社会变革的深入思考；既有对守望相助理念的呈现，也有对天人和谐观念的倡导。它们就像春夜的丝丝细雨，润物无声，启迪人的思想、温润人的心灵、陶冶人的情操，为我们心灵的百草园提供丰润的滋养。

该工程实施以来，社会反响强烈，各界好评如潮，为读者打开了一扇了解蒙古文文学创作的重要窗口，部分图书甚至成为多家高等院校及科研院所重要的文献资料。此项功在当代、利在千秋的工程，为促进各民族作家、翻译家交往交流交融发挥了重要作用，为满足人民文化需求和增强人民精神力量提供了坚强支撑，对铸牢中华民族共同体意识、构筑中华民族共有精神家园做出了积极贡献。

石榴花开，牧野欢歌。时光荏苒，初心不变。在开启建设社会主义文化强国新征程之路上，衷心祝福这些付梓出版的作品，沐浴新时代文艺的春风，带着青草的气息、文学的馨香、译介的芬芳，像蒙古马一样，纵横驰骋在广袤无垠的文学原野之上。

内蒙古文联党组书记、主席　冀晓青

目　录

梦中的白马

峰·斯琴巴特尔 著

岱钦 译

斯琴巴特尔

笔名峰·斯琴巴特尔，蒙古族，1962年出生于西乌珠穆沁旗原巴拉格尔牧场。内蒙古作家协会会员，发表诗歌二百首，散文小说四十多篇，有《乌日嘎图的太阳》《紫色的太阳石》《荒漠戈壁诗》等著作，历史书籍有《乌珠穆沁近现代文豪》《西乌旗名人录》《西乌珠穆沁旗寺庙概况》等。《紫色太阳石》《铜芍之歌》等散文、诗歌作品入选小学、初中、高中课本。

岱钦

蒙古族，1949年出生于哲里木盟库伦旗额勒顺公社苏日图艾力。1968年毕业于内蒙古蒙文专科学校。内蒙古作家协会会员。1975年起在《西拉木伦》《花的原野》《内蒙古日报》等报刊发表文学作品，获第九届内蒙古自治区文学创作"索龙嘎"奖。出版汉译蒙、蒙译汉文学作品十余部，汉译蒙《蒙古族开国将军——孔飞》获"朵日纳"文学翻译奖。部分作品入选中学课本。

那天夜里我做了个梦，是有关白马的美梦。梦有预兆？果不其然。两天后，我在敖包会上与家乡德高望重的老马倌金巴老人不期而遇。于是，我抑制不住内心的激动，情不自禁拿起笔抒写这篇记述金巴老人和他的青鬃白马的散文。

　　提起青鬃白，或许有人会以为是天狗。然而，那不是天狗，而是一匹鬃尾飘逸、身材匀称、繁殖力极强的壮年马。任何一种动物都有天生的明显特征。青鬃白马的特征，就是从顶鬃到鬐甲高扬的鬃毛正中间有一条巴掌宽的深蓝色线，故得此名。

　　1983年秋，牧区实行"双承包"，就是把牲畜、草牧场承包到户，我们家分到了一匹个头高、背有点驼、四蹄硕大、四腿粗壮、长着一双水盈盈的黑眼睛、两耳竖立的十来岁的白马，还有带驹子的黄骠母马，共三匹马。

　　我小时候经历过"套车没有犍牛、出门没有马骑"的捉襟见肘的窘迫日子，所以，听到我们家分到了三匹马的消息后，兴奋得睡意全无，一宿没有合眼。我盖上蒙古袍仰躺在蒙古包靠西一头，从天窗仰望着蔚蓝的天空，心里盘算着如何拾弄好马笼头马嚼子，如何重新装饰马鞍子，让姐姐在马鞍垫上用绸缎缝制吉祥纹，再钉上四个鞍泡钉，还有如何饮好马喂好草料，如何精心饲养、让马繁殖得好等等，各种各样的想法就像天上的星星一样闪闪烁烁，还有一些难以实现的童真幻想也像流星一样划破天空一闪而过……

想到从此以后再也不用在马群扬起的尘土里呛着追赶马群，也不用看马倌金巴的脸色求他给我捉马骑，我心里更是美滋滋的。不过，以前每次张嘴求金巴从马群里给我捉马骑，他从来没有拒绝过，从来没让我趿拉着踏歪的靴子手提马缰绳无功而返。但是，俗话说"求人的矮三分，被求的趾高气扬"，毕竟不能一辈子看人家脸色过光景。听老牧民说起过："羊发展到一百只舍不得宰，马发展到一百匹舍不得骑。"此话不无道理。

曾经有一次，我爬上白音宝力格东边的白石头小山包上瞭望马倌金巴的马群。不大一会儿，他放牧的五百多匹马在碧绿的草原上扬起阵阵尘土，直奔水泡子鱼贯而来。我拿着马缰绳迎上前去，请求金巴给我捉一匹马骑。他胳肢窝里夹着套马杆，脚蹬在马镫上，在马群里转来转去，突然驱使胯下的杆子马往前蹬踏几下，套住了一匹大肚子、顺着马肚带印处长了白毛的海骝马。那是一匹老实得出奇的老马，当套杆套绳套住它的脖子的那工夫，尾巴摇了几下它就站在那里不动了。我光背骑上了这匹马。简直是一匹打不走、抽不跑的驽马。我用缰绳头抽一下，它就颠儿两步。现在，我将有属于自己的乘骑了，想着如何装饰马鞍和马笼头等，不知不觉中睡着了。梦见自己骑上了如史诗《格斯尔》《江格尔》中出现的迈开前腿能行一日路程，踢开后腿能行一宿路程的天马神驹，穿云破雾，奔驰在绿草如茵的草原上。整日在马背上颠簸，颠得我五脏六腑都翻了个个儿，浑身散了架似的，连马都下不来了……忽然间醒过来，只见东方出来的太阳已升到套马杆子那么高了。哥哥为领回刚刚分到的马匹早已出发去生产队了。

人逢喜事精神爽。我高兴得穿着踏歪帮子的靴子脚不沾地了。期盼是一种美好，等待却是一种煎熬。东边升起的太阳已经爬到蒙古包天窗上边了，还不见哥哥的影子。我进进出出，坐立不安，望着哥哥回来的方向，望眼欲穿，眼睛都发酸了。父亲看见我如坐针毡的样子忍俊不禁，向母亲使了个眼色，他俩会心地笑着。突然，远远地看见哥哥骑着白马，牵着黄骠骒马的身影影影绰绰地出现在从西山坡往下伸展的路上。小白马驹落在了后边几个绊绳长的距离，穿过路边芨芨草丛，走走停停，偶尔欢跃玩耍，听见母马轻轻的嘶鸣和召唤声，撅起蓬松的小尾巴，竖起两只耳朵，紧随其后奋蹄跑来，身后扬起一路尘土。

我跟父亲到拴马桩跟前迎接哥哥的到来。只见哥哥喜形于色飞身下马，把两匹马拴在带两杈的榆木拴马桩上。小白马驹以好奇的目光看着陌生的环境，躲着自己的影子惊跑，闪着自己的尾巴惊跳。在数百匹马群扬起的尘土中成长起来的小马驹似乎在寻找着什么，时而发出幼嫩的嘶鸣声，时而撅起蓬松的小尾巴，围着拴马桩起劲地欢跳奔跑。父亲在木碗里盛满了新鲜的奶油，用右手食指把奶油挑起来，分别在哥哥骑来的白马和黄骠母马的前额、顶鬃顺着脊背涂抹。蒙古族人视母畜为牲畜繁衍、光景兴旺的象征，看今天分到的这匹小马驹也是母马驹，全家都高兴。不管什么动物，幼崽就是可爱。看小马驹可爱、机灵又调皮，爱马的人喜欢得不得了。黄骠母马也慈爱地看着小马驹，时而发出轻轻的嘶鸣，用前蹄刨一刨拴马桩周围松软的土。小马驹听到母亲的呼唤，跑到母亲跟前，用它那扁平的黑鼻尖嗅了嗅母亲的鼻子，忽然又撅起蓬松的小尾巴几个蹦踏跑开了。父亲、哥哥和我三个人看着活蹦乱跳的小马驹，个个喜眉笑眼，总算有了自己的马，心里就像灌了蜜一样。

哥哥看来渴得够呛，进了蒙古包就迫不及待地倒上茶壶里的温茶咕嘟咕嘟地喝了起来。母亲在一边撸起袖子和面，忙着准备晚饭。

夕阳西下，万物寂静。突然听见狗吠声和一阵急促的马蹄声。一看是马倌金巴，他看来是喝高了，在马背上摇摇欲坠地左右摇晃着身子，用高亢清亮的嗓子唱着长调《额尔敦乌拉山远影》来到了我家门口。金巴是远近闻名的套马能手、驯马能手，可我才知道他歌唱得也这么好。一副金嗓子，唱得确实令人为之动情。我曾连续两年骑他吊驯过的快马参加赛马，都拿了名次，所以我对他敬重有加。我赶紧迎上前去，接过缰绳把马拴在拴马桩上。醉酒的人往往有些小把戏，他看见我就假装站不稳，在那儿左右摇晃呢。金巴把风吹日晒褪了色的旧蓝蒙古袍的衣袖脱下，袒露双臂，黄色腰带的一头拖在地上羁绊双脚。落满灰尘看不出原来颜色的鸭舌帽帽檐朝后扣在脑袋上，蓬头垢面，一些凌乱的卷发耷拉到衣领上面。

金巴将将巴巴从蒙古包门口挤进来，和我父亲打一声招呼，像圆规一样在灶火西侧一条腿支撑着转了一圈便坐下了。"往里请，往里请！"我母亲担心土灶被他踢倒，一个劲儿地请金巴往里边坐。

醉酒使他变得憔悴不堪，布满血丝的双眼似乎告诉人们他心里的不痛快。古铜色的脸颊怫然作色，时而咬牙，咬肌鼓起蠕动，两行浑浊的泪水在鼻梁两侧浸漫着。他从二十多岁开始就当上了生产队的马倌，放牧着几百匹马，春夏秋冬，纵马驰骋，披星戴月，跟群放牧，风里来，雨里去，和马的感情实在是难以割舍。

此一时彼一时。时代的车轮滚滚向前，迎来了改革开放的春天。激励亿万人民的这场改革，其实早在1978年就拉开了帷幕，内地农村土地承包陆陆续续如火如荼开展起来。可是在偏远的草原牧区一直到1983年才实行草畜"双承包"。俗话说"好饭不怕晚"，幸福来得还不算迟。今天，把金巴放牧的几百匹马按人头分给了各家各户，人们牵的牵，赶的赶，都分走了，一匹也不剩。金巴明明知道那些都是公家的财产，但是比分掉自己祖传的遗产还要心疼难受。"酒壮尿人胆"，金巴挨家挨户地瞎转，这家喝一碗、那家喝两碗奶酒，越喝话越多，从自己放牧的马群的血统、品种、毛色及特点等等，如数家珍般地说着，泪一把，鼻涕一把，车轱辘话如此这般地复述着。金巴怕我父亲跑掉似的紧紧抓住他的衣袖不放。

"老伙计啊！我的青鬃白马是多么好的马呀！你是知道的。那简直是一匹天驹啊！"

他心疼不已地说着，用右手拍打自己的额头。

"我那匹马体形标致，鬃尾匀称，膘肥体壮，毛色发亮，腰腹收紧，跑起来像一只狍子一样显得紧凑、灵动。冬春季节下夜，基本上用不着我费心费力，只要把马群收拢在额尔格图、贡布台坡地一带，我的青鬃白马就会把马群看护得很好，都不让那些想要偷袭马群的野狼靠近马群。聪明过人啊！你们家分到的这匹白马，正是青鬃白马的后代啊！"

我父亲滴酒不沾，平时也非常讨厌酗酒的人。今天，也许是因为有了属于自己的马而高兴吧，人一旦高兴就会变得宽宏大量。我依旧记得那天晚上父亲被拥有马匹的喜悦之情驱使，跟喝醉的金巴谈论牲畜啊牛啊马啊，东拉西扯唠到很晚……

物以稀为贵。1978 年马成了宝贝。1977 年农历丁巳年春，乌珠穆沁大地遭遇历史罕见的"铁灾"①，造成牲畜大量死亡。马匹因为蹄子硬，可以用蹄子刨雪吃草，所以损失不算大。金巴放牧的马群也没有一匹马的损失。铁灾那年冬为了解决牧民过冬肉食的问题，生产队每家分了一匹未受孕的马或老骟马。当地牧民没有杀马吃肉的习惯，全生产队竟然没有一个人会宰马。

第二年夏天，在上级关怀和兄弟盟、旗的帮助下，千里赶羊，从巴彦淖尔盟赶回来几百只二郎山白山羊，从呼伦贝尔盟三个巴尔虎旗②赶回几百只肥尾绵羊。乌珠穆沁草原水草丰美，如果没有大灾，牲畜繁殖说快也快，没过几年我们生产队小畜就发展到数千只。

那几年，乌珠穆沁白马不值钱。对于马肉的口感和味道，自古以来民间就存在各种负面的说法。例如，当地有个传言："白马、青牛的肉不能吃。"虽然白马肉卖不了钱，但可以作为役畜套车套犁使用。那年秋天，生产队要卖马，青鬃白马也未能逃脱

---

① 铁灾：牧区的灾害多为"白灾"，即普通雪灾；"黑灾"即为旱灾；而在初春或初冬，雪夹着雨，随着温度下降结冰，冰上又覆盖了雪，这时形成的灾害即"铁灾"。

② 三个巴尔虎旗：呼伦贝尔盟下属的陈巴尔虎旗、新巴尔虎左旗、新巴尔虎右旗，统称为三个巴尔虎旗。

被卖掉的命运。金巴一万个不愿意，为了不让卖掉青鬃白马，金巴竟然与生产队干部吵得一塌糊涂，甚至差点动起手来。但是，"胳膊拧不过大腿"，青鬃白马没能躲过被卖掉的命运，金巴自己也摊上了赶马送马的差事。于是，由生产队会计带队，金巴等五六个人赶着百来匹马，前往黑龙江靠南边的一个农业县。他们赶着马群经过家乡的巴拉嘎尔河、布尔嘎苏台河、亿图土河，经兴安盟图什业图旗，渡过霍林郭勒河，来到民歌中唱到的著名的额尔敦乌拉山麓广袤的草原。霍林郭勒河像一条银色的哈达飘落在碧绿的原野上，蜿蜒曲折，流向远方。远看额尔敦乌拉山巍峨的崇山峻岭黛色如墨，一层层薄雾犹如一条条轻纱飘拂舞动其间，山下的草原好似铺开了一张硕大无比的绿毯一样，原野上百花盛开，万紫千红，争奇斗艳。赶马群的几个乌珠穆沁汉子远望着额尔敦乌拉山，触景生情，唱起了家乡的那首长调《额尔敦乌拉山远影》：

　　额尔敦乌拉山
　　远影清晰可见
　　回过身来再看
　　阿布额吉①可怜……

　　唱着唱着，优美的旋律引起共鸣，和声高歌的声音哽咽了起来。这本是一首出嫁到远方的姑娘思念家乡、思念父母双亲的歌曲，绵延哀婉的曲调，悠长深沉的旋律，对悲惨命运的倾诉，听

---

①　阿布额吉：蒙古语，父亲母亲。

起来令人为之动容，也许在其背后有一条看不见的线连接着乌珠穆沁和图什业图人民。

告别了额尔敦乌拉山，又走了整整一天，他们横跨茫茫无际的科尔沁大地，走上穿过一片农田的大路。由于赶远路，一些马匹的脚掌受到磨损，走路一瘸一瘸的。青鬃白马支棱起狼一样的双耳，走在马群的最前面。每每看到青鬃白马，金巴心里不觉一沉。

只要行走，终会抵达。走了一个多星期，他们终于来到了目的地。在离驿站不远的地方有几个人前来迎接他们。看起来像是伙头大哥的一位四十来岁的汉子操着东北口音的汉语向他们问候，其余几个人看着马匹竖起大拇指大加赞赏。然后，来的几个人啪啪地甩着赶大车的长鞭子帮着他们赶马，走了一阵来到一个村子。村边有一个大院套，丈余高的围墙用红砖砌成砖墩，穿鞋戴帽，中间用泥土夯实，两边开的松木横杆的大门，把马群赶进去圈在里边。青鬃白马支棱起双耳，鹤立鸡群地站在马群中，两眼扫视着院墙的大门。院墙一角有一眼井，应该是平时浇地用的吧，双眼被黑布蒙上的一匹棕色瘦马拉着老式水车转，井筒里冒出来的清凉的水通过碗口粗的胶皮管子流入两个硕大的饮畜木槽子里。

酷热的天赶路，渴极了的马匹闻见水味就往木槽子扎堆而去。青鬃白马第一个冲过去喝足了水，便跑到院墙另一旮旯，在松软的土上连续打滚。刚才迎接他们的那位伙头大哥指了指青鬃白马，对他的同伴们比比画画说着些什么。此人虽然不是牧区长大的，但是看样子对马匹的秉性很了解，是个老手。有一种马会因留恋旧地而跑回故乡。这样的马往往会喝完水打滚解乏，长吁一口气……

买卖成了。赶马的人们拿上了钱，把马鞍捆绑好背上，乘坐火车抵达赤峰，再转乘长途汽车回到了家乡。一个月后的一天早晨，金巴去归拢马群，突然发现青鬃白马被年轻马挡在了马群外边，无精打采地站在那里。它左侧大腿上有一条伤口，四个蹄子钉上了马掌，鬃和尾也被剪短了。青鬃白马远远地看见金巴发出了轻轻的嘶鸣……

金巴的眼泪不知不觉地流了下来，流进嘴里感觉咸咸的，才发现自己哭了。第二年，生产队队长偏拿它当出气筒似的，又把青鬃白马卖掉了。可青鬃白马又一次跑回来了，回来时皮包骨头，差点没死在路上。金巴说到这里，竟像受委屈的孩童似的哭了好长时间，哭完似乎心里稍微好些了。父亲也眼含泪水，安慰金巴说："喝茶吧，趁热喝会解酒！"

金巴接着又说："青鬃白马，就是咱巴拉嘎尔河马的后代。两次被卖掉，两次都跑回来。这样留恋旧地的马还有吗？即使是牲畜，也不能委屈了它呀。"害怕生产队队长再把青鬃白马卖掉，金巴瞒着队长把青鬃白马偷偷送到邻近公社熟悉的马倌那里，寄放在他们的马群里。现在，青鬃白马又恢复了当年鬃尾飘逸的风姿，尽传宗接代的责任。入冬后在马群散放之前，想把青鬃白马接回来，放到马群里。金巴借着酒劲，把藏在心底很久的秘密道了出来。

我听了金巴所讲的故事，又是一宿没合眼，睡意全无。从蒙古包的天窗遥望秋夜明朗的天空中，眨巴眼睛的无数颗星星和偶尔划过天空的流星，突然又想象到春暖花开的季节里，青鬃白马横跨草原像闪电一样奔驰到我们的马群里……胡思乱想，毫无头绪，不知不觉进入了梦乡。第二天早晨，被母牛、牛犊的哞哞声吵醒，一看太阳已升到套马杆子那么高，阳光也在灶火上铁锅里的奶皮子上面跳跃，闪闪发光。

岁月像哗哗而流的巴拉嘎尔河河水一样一去不复返。斗转星移，时代车轮滚滚向前，生活日新月异，社会又跨入了崭新的洪流。

事情往往就是这样巧。多少年之后的一个秋天，打草场上的牧草长势喜人，草浪滚滚，微风吹来，衣襟抖动，是一个远在他乡的人思念家乡、思念亲朋好友的日子。在异国他乡深造的两位学者乡弟回到家乡要进行有关马文化、敖包祭祀方面的田野调查，我为他们当向导。这天，要去拍摄"嘿毛日"①山包上竖立的阿嘎塔敖包。嘿毛日山包位于马倌金巴具有现代化风格的新营地西北方向三十里的地方，是由一小块一小块白石头形成的大山包。我们登上山包，向敖包敬献了专门带来的红白食祭祀品。

也许是天意吧，有缘人总会相遇。在阿嘎塔敖包山，我与马倌金巴老人不期而遇。金巴虽已年逾古稀，两鬓斑白，头发稀疏，但身体硬朗，精神矍铄，头脑清晰。他身穿通身有间隔两至三指宽密针绗线的夹袍，夹袍袍襟兜了个马头骨遗骸。有道是"马头如珍宝"，那正是青鬃白马的头骨。

多年不见，金巴依然一眼认出了我。他见到当年骑着他吊驯过的快马参赛的小骑手显然很激动，随着他急促的呼吸，夹袍下的前胸微微起伏。

---

① 嘿毛日：蒙古语。蒙古人日常生活中，最美好最圣洁的祝福是"嘿毛日"，意思是"幸运之骏"，意即走好运。嘿毛日山，意即好运的山。

金巴老人和我唠起了家常，两位学者乡弟用先进的影像设备全程录音录像。也许将来的什么学术报告上用得上吧。金巴老人曾经邀请当地有名的萨满①大师占卜。萨满大师告诉他："把你一匹心爱之马的头颅请到嘿毛日山包上进行祭祀。这样就能祛病消灾，兴旺发达！"其实，蒙古族人将心爱之马的头骨安放于高地，期盼名马神驹能够世世代代轮回于这片美丽的草原的习俗古来有之。金巴老人将青鬃白马的头骨遗骸安放于敖包山上，在其额头上涂抹黄油，头朝正北方向。经久风吹日晒的马头骨上俩眼窝像两个黑窟窿，长长的黄白牙龇咧着，平添一份神秘的氛围。虽然不像马头琴的传说故事中所说的那样，拿青鬃白马的骨头做一把琴，拿它的鬃毛做了弦，拿它的尾巴骨做了弓，但北风吹来，似乎感觉马头骨上俩眼窝里吹奏出某种神秘的曲调来。

时隔四十年之后，我公私兼顾几次去兴安盟图什业图旗，现在的科右中旗，追踪二百多年前因大雪灾转场，游牧到额尔敦乌拉山一带驻牧并从此扎根于此地的乌珠穆沁人的足迹，进行田野调查，得到了熟悉科尔沁文化历史的学者及祖籍乌珠穆沁相关人士的热心帮助。在那洋溢着兄弟情谊的酒宴上，我曾抑制不住内心的激动，放开喉咙唱过长调《额尔敦乌拉山远影》，也讲述过青鬃白马的故事。好些年长者听了都深受感动，潸然泪下。真可谓"本事不大，野心不小"，我还想来个一箭双雕，想探秘一下青鬃白马当年被卖到遥远的黑龙江后，留恋旧地跑回草原的路线。但由于各种原因和条件所限未能如愿，只好心存遗憾，原路

① 萨满：原词含有"智者""探究"等意，后逐渐演变为萨满教巫师即跳神之人的专称，也被理解为这些氏族中萨满之神的代理人和化身。

返回。

马就是神奇的动物。有一种说法，在娘肚里带来的马驹子留恋故土，往往能跑回去。像青鬃白马这样的例子历史上也并不鲜见。我读过一篇文章，题目叫《神奇的蒙古马》。说的是被作为国礼赠送给邻国的几匹马，其中有一匹马翻过千山万水，排除千难万险，经过千辛万苦，回到蒙古草原的故事，成为千古佳话广为流传。青鬃白马的传奇故事，也留在了金巴、我父亲、哥哥和我以及乌珠穆沁人们的心中。当年，青鬃白马向着家乡的方向在科尔沁、乌珠穆沁一望无际的草原上奔跑的时候，途中也许遇到过高山大河，也许遇到过深山密林，但是没有铁丝网阻挡，大自然风貌依旧。如今社会发展太快，一切来得骤然。到了八十年代末，各种机器替代了马，马逐渐远离我们的生活。现在出门就是铁丝网围封起来的农田、草场，青鬃白马也插翅难飞了。

两人唠着唠着，不知不觉过了挺长时间。该下山啦。我搀扶着金巴老人下了山。当走到北京吉普旁边时，车载音响里正播放着《额尔敦乌拉山远影》这曲长调民歌：

额尔敦乌拉山

远影清晰可见

回过身来再看

阿布额吉可怜……

歌曲悠扬动听，摄人心魄。这首歌曲源于乌珠穆沁、图什业图人之间的一段姻缘。金巴也许回想着当年赶着青鬃白马去卖马的途中，蹚过霍林郭勒河，路经额尔敦乌拉山下时曾唱起过这首歌曲，两行热泪像断了线的珍珠一样滚落下来。

牲畜里也存在有福分的牲畜。我不由想起老人们常讲的话，靠一头牲畜的福分十户人家可以过得很滋润。这话也许有道理。金巴就是靠着青鬃白马的福分，现在成了拥有二百多匹白马的富裕户。地方政府授予他"乌珠穆沁白马养殖专业户"，还奖励人民币十万元。

金巴老人常说"我八岁那年中华人民共和国成立……"，推算起来，今年金巴老人也已八十二岁高龄了。金巴老人说过，今年盟或旗里举行那达慕大会时，要从青鬃白马的后代中挑选十三匹白马，打扮得漂漂亮亮的，送去参加那达慕开幕式马队入场仪式。看着他如今满面春风、兴高采烈的样子，当年他说起青鬃白马遭遇时痛哭流涕、伤心不已的画面又浮现在我眼前……

我们踏上回程的路。放眼望去，在嘿毛日山包阳坡草地上，一群群白马在安详地吃着草，犹如碧毯上撒开的银白色的"沙嘎"①。那都是青鬃白马的后代啊……

回来当晚，我又做了梦，仍然是关于白马的各种美妙的梦。

原载《花的原野》2021年第9期
译于2022年

---

① 沙嘎：蒙古语，汉语称"拐骨"，俗称"嘎拉哈"，牧区老百姓用作玩具玩耍。

蔚蓝的石头世界

恩克哈达 著

席·照日格图 译

恩克哈达

蒙古族，中共党员，1970年4月出生于内蒙古阿拉善左旗。中国作家协会会员，鲁迅文学院第十五届高研班学员。曾获第九届内蒙古自治区文学创作"索龙嘎"奖、全国少儿歌曲歌词大赛金奖、首届"腾格里"杯蒙文诗歌大赛金奖等奖项。先后出版《骏马的家园》《敖伦布拉格的羊肠小道》等诗文集十多部。

张照日格图

笔名席·照日格图，蒙古族，1973年生于通辽市奈曼旗。内蒙古作家协会会员，内蒙古翻译家协会理事。《海骝骏的故乡》《脑术》等译作入选"优秀蒙古文文学作品翻译出版工程"，《盘羊之载》《蔚蓝的石头世界》发表于文学月刊《草原》《民族文学》。

一

我一直在想象，每块岩石都有着蓝色的眼睛。

在我无声的想象中，它们经年累月仰望着天空之蓝，想必那眼睛也是暗烁着直抵邃蓝的熠熠青辉。

我想这一猜想是不会错的。天空的蓝，经由岩石的眼睛向内里流淌，由此给世人呈现了诸如"天书""天印""天历""天训""岩画"等古朴苍美的景致。

而这些古朴苍美的景致，无不与砾石河畔这些棕褐色的"天外来石"有着某种神秘的因果缘由。这些褐色深沉的岩石，是在祈盼与"天外"攀来某一亲缘般，于来自远古的无声中静静盘坐着，凝视着天空的蓝。这些古老的岩石，不只是在它们暗烁青辉的目光中，更是在它们亿万年之久的岩心中，似将天空的蓝化为己有般直直地凝视着，直到见证奇迹，或是化作奇迹……

自从我如此想象了岩石后，每当目睹阳光下那些褐色深沉的岩石，就会不由得遐想"它们凝视天空，许是进行着某一旷日持久的修行"，若是扰动了它们的宁静，便会有违天意之嫌了。也是从那时起，我似乎更加深切地感受到了坚忍、恒久的事物的本真所在，且把内心的力量，以那望天修行的褐岩重构起来。于是，我的"崇天"意念由此起始。我们大多看到的终归是这星球的一隅，但岩石们却曾目睹过整个宇宙的幻化。岩石们的智慧大多以"凝望"累积，从而落入它们眼中的一切都会被真切所围拢，被邃蓝所笼罩，亦如绿霭、青雾、远山的黛色……

二

我一直在想象，每块岩石都有着风的蓝袍。

它们在细雨蒙蒙的天气里披着灰色的云裳，在阳光明媚的日子里罩一袭光辉的绸衫；在野花盛开的时节穿上彩蝶的裙衣，当草原上的黄羊群从旁奔过时挥出灿色的尘埃——即便是在季风的吹拂中，那些美饰的衣裳都会渐次凋零、飘散而去，但终究是曾与风的蓝袍一起交相辉映，点缀了四季——那是多么直抵内心的温暖，直抵心灵的风景。就如同人世间这诸多的幽怨与赏慕、妒心与包容、荣华与苦乐，掠过我们的心智、袭扰过庸常的时日般，无论生活有多么不堪，一幅幅暗烁着青辉的"人"字，终究是影影绰绰，挥之不去的。

在一声声啼哭中走来，在一生的话语中归去的我们，能否把那旷野褐岩的邃蓝风袍化为己有，化作"人袍"？或许是生活、生命的所有意义。除此，还有好多石头有着唯此桂冠般的美丽冠名，那些美丽的冠名，都是我们人类赋予它们的——青金石、绿松石、美玉、玛瑙……可即便是人类给予了它们如此美丽的冠名，它们却终究是离不开一个古朴至恒的"石"字。也许，那就是它们一生的本真所在吧。

三

我一直在想象，每块岩石都封藏着一汪神秘的蓝水，由此它们不会迷失了方向，失去了自我。

曾有古老的传说讲述：人们为了治疗眼疾，曾敲开宝石取出过那一汪蓝水——企图获得透视一切的法力而滴入眼中，不想却因此而致盲了。

可能是由此传说延伸而来，自那时起人们便开始冥想每一块石头都会有其各自酝酿、封藏的一汪神秘之水了。

想来那一汪神秘的蓝水，是每块岩石历经千万年的风起云涌，吮雪饮辉，嗅花草之芬芳，倾听根脉匍入大地深处的音韵，担当雁阵鸣归时的指向标，是为圈拢羊群时的绳抛石，成为牧马汉子们的羁马石之际，酝酿于岩核内里的圣泽之点滴了。那是天地造化给予岩石的神奇馈赠，人们若要分享那份馈赠，必定会打碎了岩石，打碎了自己内心的安宁。那暗烁青辉的生命，也会因贪欲的弥漫而黯淡至夭折的。

每块岩石都是从它栖息的周遭、置身的原乡间感知着一方水土的沧桑历程，且在那沧桑的历程中孕育了那一汪永恒的蓝泽。于是那一汪永恒的蓝泽，便是乡土赋予了岩石的生命所在。如若这一汪蓝水伴随着原乡石流落异乡而去，就会泽竭石枯，迷失在另一方天地间。老人们所说的"挪地的石头愁三年""石乱挪，地皮薄"也是意在此中罢了。而"深水已枯，明石已碎"的古训，不也是隐喻了坚石孕育的邃蓝之域已支离破碎了的警世箴言吗？我想，那也是大千世界趋向黑暗的征兆所在吧。

<h1 style="text-align:center">四</h1>

我一直在想象，每块岩石的音息都是深沉、浑圆的蓝调之音。

而最先将它们的这一音息传给人类的当属"岩啸"或曰"空谷荡音"。在儿时，对我们最以诚相待者当属山岩峭壁间的空谷荡音了。

那些或嶙峋峥嵘或规整如墙的山岩峭壁，无论你对它们喊了什么，它们都会把山岩深沉、浑圆的音息，犹如一波波巨大的涟漪般激荡开来，连同你的音息一并叠加着冲击给你，或是曲径通幽，激荡向更远方的山峦间。远在蒙昧初开的荒原时代，想来我们的祖先也是借此"岩啸"互诉心声了。于此，山岩对我们是待以至诚的。

丰饶的大自然，小到一块岩石，把所能给予的一切都赐予我们，成就了眼前的世界。而对这岩石的给予及其永恒的密码，游牧民族也是理解至深的——在他们诸多的岩石使用中，有用以接生断脐的紫星石，用来压制酸酪、奶酪的福牲石，有升燃旅途篝火的火撑三足石，用以诊明旧病宿疾的白石英，还有彰显古代英雄史诗的"立人石"。甚至在离别人世之际，也有枕在头下的"白枕石"可伴眠。可以说游牧民族的生存史，始终是有岩石的

内蕴伴佑其间的。甚至可以说，游牧民族的珍贵品性，也是源于大自然一石一岩的"蓝色史迹"。一如坚石千年复千年那般，他们也是谨记着人泽千年复千年。

五

我一直在想象，每块岩石的坚忍、力量和智慧都是邃蓝色的。

天地万物的纷繁，在落入它们眼中的瞬间都会被那邃蓝的光晕所濡染，继而会泛起淡淡的青辉。因着岩石取色于苍穹，所以它们也必然有着长生天的力量——犹如岩石般超凡的泰然，也不是任谁都能抵达。在持久的泰然中，它们越发地邃蓝。在越久的邃蓝中，它们积蓄着更深沉的力量。但是它们为何要那样放任天空之蓝，那样劲敛内心的坚忍，任由踏镫而过的四季风雨磨砺而安然此处？于此，我们显然是鲜活的旁观者，显然是对它们的世界难以理解至深。它们守候在那里，难道不是守候着一方"生存空间"和"家园"？一块岩石，也会有自己蔚蓝色的原乡。史诗中的英雄们，大多是手攥着一小块石头诞临人间，想来那一小块石头里必定是蕴藏了一缕缕故乡魂的。我们笃信山岳有其魂，进而虔诚祭祀的根由，也是把所有美好的向往寄托于山岩的神泽罢了。

六

我一直在想象，每块岩石都有一个蓝色的梦。

在那蓝色的梦中，苍穹大地的万般景象都在入梦，圆梦，争相罗列着。于是它们把这么多的梦都染成天空邃蓝的颜色——在晨曦绽开的花瓣上化作一滴滴彩虹露珠；在玩石子游戏的孩子们中间变作声声嘶鸣的骏马、昂首嗥叫的骆驼；给熬奶茶的额吉送去火撑里跳荡的蓝焰，给夜惊的婴儿当作"护身石"贴在胸前；给黎明的天星当作眼睛，给乌云掠过的广袤草原充当祷告石；给祭祀敖包的人们带去与天最近的信念，给飞去远方的鸟儿练就坚韧的羽翅；给早春产羔的母黄羊围起温暖的冬营地——如此，在大地朗阔的胸襟上，到处都能望见岩石绽放的蓝色。这纷繁的世界，只因那岩石绽放的梦缤纷至蓝而抵达着康庄与和平。以此铺展开来，人类也是从岩石中启读了自己的源出和历史，我们的生活自始至终都是以邃蓝的岩梦作为脚本的。我们从远古之初就有用一块块岩石构筑家舍、院落、牲畜石围的古老记忆。我们终究是要默认，我们的生命中是烙印着一块块岩石的生命指向的。我们离岩石又能远到哪里去呢，一代代的老人可都是说着"毡房远去，岩屋已近"而故去的。

七

我一直在想象，在我全身的所有细胞中，都充斥着极其细微的蓝水之岩。

爷爷在我小时候曾说过：在这世上广为行善的人，会遇见能喝下去的石头。那石头是白蓝色的，只有它能认出你，你却不会认出它。如若哪一天你能认出它了，就说明你已经很有修为了。而当时我知道的仅是和两个弟弟玩石子游戏时的那些蛋白色小石头。那些蛋白色的小石头，怎么看也没有蓝色的微光泛起。大概都不是爷爷所说的那种"能喝下去的石头"。那时候，我对石头也能被喝下去是极感好奇和惊讶的。长大后转念一想，我终此一生不都是畅饮着流经周身的那些极其细微的蓝水之岩吗？在我身体里流淌的那些热土诸岩的点点滴滴，每天都会把故乡温暖的恩泽输送到全身，使我气运朗健地生活着。

遥想祖先和过往，我们不都是以砺石山的燧岩击燃过初火，望着摩崖山的镌刻填充过心智？亦如从母腹诞临那一刻起，梵天赐予每人一颗天星般，大地母亲也会赐予每人一颗生命石的。我们都会在那一己之星的星光辉耀下踏步征程向着远方。但是也有人生前玷污了那颗天星，浑然不觉自己已经是"星陨"而去，继而不得不承受在浑噩、黑暗中爬行的命运了。也有人把那颗封藏着生命蓝泽的生命石迷失在异乡，在一生的焦渴中离别人世后，会落得一个头下无"枕石"之憾终。而人类的泪水，便是那酝酿于每颗生命石中的饮用之水。将逝者的头下枕上岩石而安葬——这也是其身心、灵魂回归这片土地，山岩而得以永恒的信念之证吧。我们终究是离岩石不能太远的。

八

　　我一直在想象，如果岩石有着确凿的本质，那可能就是封藏其隐秘至永恒的修为之道了。

　　迄今为止，人类依旧会观岩趋古，以探究自己初始的渊源。很多过往的疑云，都会在古老岩刻文明的光芒间拨云见日。从而也诞生了诸如"岩书""石锁""石卦""石玩"等神秘事物。蒙古人曾把古石器称为"灵石"。杜尔伯特、兀良哈部的人们则把这一灵石想象为隐于高山之巅，或是藏于大蛇的头里，藏于灵鸟、角兽体内的极珍稀的东西。据传这种灵石还有灭火的功用。有传说中称……以天界的白、绿、蓝三色石绘就的占星图，密藏在佛界金塔的三百六十六重白瓮中了……诸如此类的古老传说，似乎都在冥冥中暗示着，这邃蓝的世界是经由一石一岩的突兀，呈现着人类星球的万千神奇所在的。

　　我们对岩石是否有足够真切的解读？曾否在那远古的无声中默默倾听过它们？据说是"河石不眠，打卦论禅"，那些内蕴邃蓝的岩石修行千万年的预言是否被我们猜到过？细细想来，我们也许只是被岩石们无聊时演绎的玛尼石、葡萄石等各种奇形怪状的奇石表象蒙蔽了双眼而已。我们至今尚未深解，邃蓝的天空下为何有这浩繁的岩石栖息着。据说有一种深山松鸡，会为着躲避人类的猎捕，抱起紫色的石头仰卧隐秘处之。就像这样，岩石还有诸多的神秘至今不为人所知。也算是承蒙于此，我们的贪欲还仅仅是周旋眼前而已，不是吗？如果是望山可以纳智，那么手握山岩观其相而定夺迷途、运程的祖辈们，就是从那一枚枚石头间积蓄了智慧的。如此，像石头一样封藏着一份"隐秘"而生活是多么美好！

九

我一直在想象，岩石最珍贵的品性就在于它的安详与泰然。

在安详、泰然中开启自己，乃是经由艰辛的修为开启上善之门的通途。涤荡着喧嚣鄙俗的周遭，点化奢靡互愚的人性之上策便是对安详与泰然的不懈追寻。那将是我们向岩深习的"时代"。人类的历程，便是向天地自然不断求教的历程。

感知那一安详与泰然就是在追求本真的生存。印度人甘地曾言：本真，是一棵愈照料愈结硕果的参天大树。想来岩石也是为抵达那一本真而照料加持着自己，终抵了那一安详、泰然及自由。

然而岩石为抵达那安详泰然的极致，是在永恒的奔走中的。那奔走并非亦步亦趋，而是被永恒的自由击荡着、震裂着，在天地万物间开启大开大合之奔走。想来岩石最大的自由便是"形姿"，那幻化万千的形姿都是它们真实生存的姿态——从而一处处原乡拥有了安详与泰然，因着山岩的守护，大地留存了庄重。如若冒犯了那些山岩，就会惹来生灵荒芜的惩戒。那幻化万千的形姿，也是它直抵岩心的话语。人类为解读那幻化万千的话语，至今在茫然与困惑中。而在岩石安详泰然的奔走中，掌控的远不止这些，它能告知人类何为恒久的绚丽，也有呈现人类"贪欲"无限景象的神奇魔力。我相信每块岩石都有着自己的预言。"所有宝石都是由痛苦的泪水凝结而成的"，这古老的箴言，岂不是正中岩石的预言。在古希腊神话中，罪者向山顶推动巨石受惩的情形，那也是被岩石的预言所想象到的受难之举罢了。

十

我一直在想象，所有岩石都是见识过时空浩瀚的虔诚信徒。

一想到岩石们如矩阵的标点般辉映着蓝天，延伸向苍茫大地泛蓝的地平线时分，我就无法不暗自赞叹且默认它们。它们仿佛真是超越凡界的大智大慧之信徒。它们穿越古今，阅历厚重，从而成就了有泪不轻弹，内化悲悯的精湛品性。因它们经年累月守望着蓝天，所以它们构架的邃蓝之界也由苍天护佑至永恒。岩石的世界，也因高天灿阳的俯视，每块岩石都珍守着那片暗烁青辉的界域，引我们在怅然若失的遐思中，向来自远古的无声致敬。岩石的神奇，即在于此吧。

十一

我一直在想象，在特定的境遇中，每块岩石都是会暗自守斋的。

守斋是它们趋近安详、圆满自身的修为之一。在群星闪烁的宁静中、缓缓流淌的河水中，被河流吮含的鹅卵石们便开始了守斋；当戴着绊套的马儿，踏落着夜草上的露珠寻向同伴时，安歇在草丛里的褐岩们就会开始守斋；当山首的襟前弥漫起秋雾，山脚下有牧户迁来宿营时，目睹着欣喜的群山，山岩们也会开始守斋；当鱼群遨游千里，炫耀海洋无比的辽阔时，它们也会在同样辽阔的安详中静静守斋而立。

一如峰顶屹自山腰，芳花盛自根脉般，黛青色的群山都源自山岩的挺立。在时空的磨砺中永存的岩石传说，乃是众岩邃蓝的缤纷撰述。我们只不过是它们造就的那一大邃蓝境界的驿站过客罢了。只不过是那宏观巨景的走马观花者罢了。生如山岩者，那是要有多么大的气运和气魄。

我们最初的跌倒许是习自岩石。岩石不仅教会了我们跌倒，也教会了我们站起。在岩石造就的那邃蓝世界中，我们跌跌起起搭建着自己的生活时，虽然也如岩石般遇寒而凉，遇热而暖，但那份来自天空的邃蓝，我们是真心留存了与否？

我被这无声无际的想象牵引着，思虑那众岩造就的"邃蓝世界"，就是我手握一枚柔石，站为望乡人的那一刻。

在那邃蓝世界的大地上，我的想象在无声中流向远方……

流向何方，只有岩知。

原载《民族文学》蒙古文版 2022 年第 4 期

译于 2022 年

安详的青色炊烟（外二篇）

萨仁其其格 著

岱钦 译

萨仁其其格

乌兰察布市文联《敕勒格尔塔拉》杂志特约编辑，国家二级作家。内蒙古作家协会会员，中国少数民族文学学会会员。出版诗集《乳汁礼赞》《砬葱花》《心韵》，小说散文集《云中盘山》。两次获得内蒙古自治区文学创作"索龙嘎"奖。

岱钦

蒙古族，1949年出生于哲里木盟库伦旗额勒顺公社苏日图艾力。1968年毕业于内蒙古蒙文专科学校。内蒙古作家协会会员。1975年起在《西拉木伦》《花的原野》《内蒙古日报》等报刊发表文学作品，获第九届内蒙古自治区文学创作"索龙嘎"奖。出版汉译蒙、蒙译汉文学作品十余部，汉译蒙《蒙古族开国将军——孔飞》获"朵日纳"文学翻译奖。部分作品入选中学课本。

看着图拉嘎①里燃烧的牛粪火冒出的青色烟从蒙古包天窗徐徐而升，与幼畜咩咩哞哞的交响乐浑然一体渐渐消失在寥廓的天际，我就会不由自主地想到，原来牛粪火的炊烟就是牧村生命之气息啊。但凡生长于辽阔无垠的草原上的人们大概都有这个体会吧。

我十来岁的时候，一旦学校放寒假，就跟随阿爸去放马。放马的牧场离家有四五十里远，我们把马群收拢回来饮上水，再把它们赶往牧场。太阳都偏西了，我们才踏上回家的路。整日戴在头上的风雪帽毛上呵气冻成冰，在马背上颠簸了一天的我，从远处看到冬营盘的蒙古包天窗冒出的炊烟随风飘动时，顿感亲切，心情为之振奋，一股暖流流遍全身。晚归的畜群头已转向浩特②的方向，各家各户忙碌着做晚饭，冬日的傍晚藏在蒙古包天窗升腾的袅袅炊烟后映入眼帘，犹如有温度温暖我心房，宛如一条扯不断的舞动的白绫。

———————————

① 图拉嘎：蒙古语，灶的意思。

② 浩特：一户牧人家。

从小既享受到父母双亲的疼爱，又曾尝尽了饥寒交迫的生活之艰辛，因此就连牛粪火的味道都感到十分亲切。如果未曾品味过冻得上下颌打战、挨冻受饿的滋味，未曾领教过种种生活的苦难，就很难充分体会世间的冷暖。冷雨连绵的秋天，长日里跟在羊群后面走到很远，当你回首看到蒙古包上空缭绕的炊烟时，多么令人慰藉和温馨！那一缕缕炊烟是我心灵的寄托，我的至亲至爱在那里等待着我。

在风和日丽的夏天，一团团炊烟在蒙古包上空回旋，久久不愿散去，烟团像云团，云团又像烟团，忽而有微风吹来，炊烟从这个山包游动到那个山包，像一条长长的哈达顺着小河伸展着，直至慢慢消失在长满芨芨草的原野尽头。雪天，炊烟直直地直插云霄，那又是另一番景色。

自古以来，先人们用骟驼矫健的步伐来丈量大地的宽度，逐水草而游牧生活，风餐露宿，支起三块石头，用燧石打出火苗点燃牛粪火，让星空品尝那青青炊烟的味道，用蒙古包哈那①的跟脚为大地烙下印记，和大自然相依为命，和谐共存。

新过门的媳妇新婚的第二天一早，在蒙古包内生火熬茶，把新茶的"头一份"敬洒给长生天，敬洒给山神水神时，太阳喷薄而出，赏赐笑脸。在万物复苏的春天，火红的母驼们吸吮着炊烟的味道，为刚出生的驼羔喂奶。严寒的冬天冻了一夜的寒月，被炊烟温暖的气息熏暖，瞌睡打盹，踢掉厚厚的云彩做的被子。

儿行千里，如同母亲挂在心上的牛粪火的炊烟。去寻觅走失的牲畜，路途迷茫的时候，向你招手的是牛粪火的炊烟。大漠孤

---

① 哈那：蒙古包毡壁的木质支架。

烟直，远途炊烟青。炊烟是生活的象征，炊烟是生命的信号。有人的地方必有烟，有烟的地方必有人。人烟，人烟，如此紧密相连，不可分离。如果没有青青炊烟，也许会多几分单调，多几分寂寞，但是我衷心地祈祷，在我们丰饶的土地上，千万不要出现战火的黑烟、矿山的毒烟！

由于牛粪火的炊烟来源于野生植物，所以它清洁干净；由于它的形状如花纹蜿蜒逶迤，所以它富有诗情画意。它是生生不息的吉祥结，它是繁荣昌盛的象征。啊！安详的青色炊烟。

近些年来，牧区的牛粪火炊烟越发少了。牛粪火炊烟最后的属地是毡房。在绿毯般的草原上撒满珍珠似的白色毡房越来越少了，牛粪火的青青炊烟与我们渐行渐远。看不到牛粪火的炊烟，成为我重重的心结。

原来，牛粪火的炊烟，是站在蒙古包前的阿妈手搭凉棚招呼孩子时的回音，是背着孩子的阿爸轻轻吟唱的摇篮曲的一个音符，在我心灵深处如梦如幻浮现出的青青炊烟，是一首诗，是一幅画。

查干萨日

小时候最盼的是查干萨日①，最渴望的是穿上新衣裳。故乡虽然地处偏远牧区，但是越临近过年，各项准备工作越是紧锣密鼓地进行着。进入腊月，女人们飞针走线，绣凤描龙，缝制镶

---

① 查干萨日：蒙古语，直译为"白月"，即过大年。

边儿的缎子面的羔皮蒙古袍，与时间赛跑。我阿妈是当地有名的巧手，而且是在左邻右舍中第一个使用缝纫机的人。我们家孩子多，阿妈出去不方便。也许由于这种种原因吧，附近的妇女们做针线活儿总是愿意聚集在我们家。阿妈主要负责裁剪、镶边，其他的，如缝衣袖、缝前衣襟、钉扣子……大家各有各的分工。她们一边做着针线活儿，一边天南地北唠得热火朝天，嘻嘻哈哈笑声不断，有时候还讲笑话，孩子们在旁边听得津津有味。有时候，还让我们给她们打下手，帮她们搬运牛粪、烫烙铁、打糨糊什么的。上了年纪，眼神不好的大娘大婶还给我们"戴高帽"，让我们帮她们纫针引线。大概是我四岁那年，有一次，姨娘让我纫针引线，她们沉湎于她们有趣的谈话，我也被她们的谈话所吸引，针掉了竟然没发现。过了好一阵儿，姨娘突然想起来，大呼小叫道："孩儿啊，纫的针呢？"我居然若无其事地回答说："早就没了。"惹得大家一边笑成一团，一边低着头来了个大海捞针。这个笑话伴随了我很多年，直到我参加工作后探亲回家，她们见到我还旧话重提，笑得前仰后合。

骆驼发情嘴喷白沫时，正是寒冬腊月天气最冷的时候，雪原上牲畜出场时踏出的一条路伸向远方。我总以为查干萨日是顺着那条道路而来的，站在那里举目眺望。阿妈说："查干萨日的白胡子老翁已经来到北山上往这儿俯瞰呢。我们干什么都得赶紧才行。"我听了信以为真，总是踮起脚尖儿往北山那个方向眺望。

我们兄弟姊妹四男四女一共八个，再加上阿爸阿妈十口人。姐姐背着弟弟，哥哥关照妹妹，都做些力所能及的营生，从早忙到晚。男孩大的到井上破冰饮牲畜，打扫院子；女孩拆洗被褥衣服，晾晒出去，各种"彩旗"迎风招展。阿爸从马群里捉回乘骑，修剪鬃尾，收拾马鞍具，银白色的马鞍泡钉被擦得铮亮，在阳光反射下照得满屋增辉。

腊月二十三，家家祭火。有的人家煮上羊胸脯，有的人家煮上手把肉用来祭火，祭完火把祭品恭恭敬敬地摆放在佛龛的前面。请喇嘛念经，大搞祭祀活动的人家少了，但是大家一直保持每年祭火的风俗。除夕之前，各家各户蒸好包子，作为"旧年的吃食"相互赠送。赠送包子，自然少不了我们，我们端上热气腾腾的肉包跑步前进。哪家宰了羊，哪家打了黄羊、煮了肉都要给左邻右舍送"份子"。我们把"份子"送过去，也会得到几块奶豆腐、几把冰糖的奖赏，就高高兴兴地回家和弟弟妹妹们分享。"食物分而吃之，骨头掰断啃之。"大人们的一句教诲早已铭刻在我们心中，过年串门子拜大年，揣回来的几把糖球、几块点心，毫不吝啬地分享。那是个物资匮乏，但是人情淳朴、和谐和睦的时代。

一年的最后一天叫除夕，蒙古语叫作毕图①。蒙古人很讲究，这一天特别忌讳拌嘴吵嘴，老早就千叮咛万嘱咐。除夕那天，阿妈老早起来扫除蒙古包顶盖的灰尘，清理缝有回纹图案的毡垫子，我们也七手八脚地帮着阿妈擦桌子板凳，擦箱子柜子，打扫干净旧年的灰尘。阿妈把针线包等封闭好，再从衣箱里把大人小孩的羔皮袍子拿出来到外边里子朝外搭放在蒙古包顶盖外面晾晒。还有哈达、鼻烟壶、烟荷包、褡裢、带火镰的带鞘的蒙古刀、玉石嘴的烟袋锅等等摆放得井井有条，紧靠北墙根的被服垛

---

① 毕图：蒙古语，凡是盖了口的、没有孔、封闭了的都叫"毕图"。除夕延伸的意思为一年过去了，封了口了，故被称为"毕图"。

上展开的缎子腰带、绸子头巾五颜六色，争奇斗艳。紧靠西南墙根摆放着一双双大人小孩的靴子。因为父亲是马倌，在那物资匮乏的年头，近处的供销社买不到好货，阿爸就骑上马不辞辛苦去很远的地方买回来，只为把孩子们打扮得漂漂亮亮。毫不夸张地说，那时候社会上流行的新东西，在那一带的孩子们中间，我们兄弟姊妹总能最先享有。

佛龛前边摆放着供佛的大铜盘，蒙古包北面居中的木桌上摆放着精心准备的桃木底座的大看盘，上面摆有各种点心果子、奶食品和红枣等。煮熟的羊背子的头份献给火神品过之后，摆放在木桌中央，旁边摆好带鞘的蒙古刀、白酒、装奶酒的铜壶以及银碗。当揭开锅盖时，除夕肉包子的香味扑鼻而来，溢满蒙古包，再从蒙古包天窗升腾而出，正与姗姗而来的年味相遇，通过你的手和身体传遍整个冬营盘的家家户户。

到了晚上，阿妈给女儿们洗头梳辫，还要给系上蝴蝶结，给儿子们剪发，最后自己洗头梳头打扮一番。我们兄弟姊妹几个欢天喜地，迫不及待穿上新衣裳，脚蹬新做的鹅顶靴子，跑到外面踩在雪地里发出咯吱咯吱的声音。跑到左邻右舍，家庭主妇进行"涂抹礼"，在新衣裳上象征性地涂抹点奶油，以示祝贺。家家户户都把平时积攒起来的好食物拿出来招待客人。到了傍晚，为先祖和过世的亲人烧香磕头。

正月初一一大早，人们为畜圈进行涂抹礼，为牲畜招福，为长生天，为大地母亲以及祭祀敖包敬洒奶酒喝鲜奶。待到天刚蒙蒙亮，人们骑上马出发了，听见铃铛哗哗响，马蹄嘚嘚，初一"踩福路"拜大年活动开始了。

起早为长辈拜年是祖传的规矩

舅舅跟前啃食肩胛骨是一大忌讳

老年人盼望晚辈来探望

不分贫富不分尊卑是珍重的教诲

在炊烟袅袅的白色毡房里

欢声笑语宴歌阵阵情意浓浓

怀揣着木碗交换哈达和鼻烟壶

草原上的过大年热烈而隆重

　　阿爸领着穿上妈妈缝制的、一模一样的绿色丝绸吊面羔皮袍子的三个女儿，从邻居家开始，去给全生产队的所有人家拜年。每家献上三首歌，一个起头，三个人齐声唱起准备好的歌曲。"穿着一样，唱歌嗓音一样，多么可爱的孩子啊！"乡邻们对我们赞许有加。当他们发给我们糖块作为奖赏时，我们分别伸出小手掌，满脸笑容地接过来，接着又去另外一家。

　　正月，是咏诵祝词最多的时间段。摆放食品的礼节，讲究卫生的规矩，各种禁忌，祭火规矩，回礼礼节，待人接物的礼节，都是在春节期间潜移默化中学会的。见到上了年纪的老人就铺襟叩首，老人就咏诵祝福词。大人们相互拜年时不只互致问候，还要问询天气情况、牲畜膘情，说起一连串美妙的祝词。春节，又是走亲访友、增进感情的极好机会。蒙古族有句谚语："骏马矫健的时候去多认地，阿爸健在的时候去多认人。"走路的时候，顺便熟悉山山水水的名称和地形地貌，走亲访友又是一个熟悉家乡山水的过程。遗憾的是，现如今亲朋好友之间走动越来越少了，各顾各的，来往少了，感情淡薄了。给长辈拜年还要带一些礼物，通常是些烙饼、炸果子或火烧饼，用毛头纸包好，包装上还要贴上方形的红纸，以图吉利。另外，还要准备孩子们的"份子"。如果不是至亲，一般人家待的时间不会太长，掏出洁白的哈达互拜新年，品尝一下新年的饺子，或唱上两首歌赶紧走人，为后到的客人腾地方。所以，把忙碌的客人比喻为"春节的客人"。热闹的春节，人们自然而然受到浓厚的传统文化的熏陶，进一步了解信仰、风俗、祝词的美妙和语言的艺术，为平安、美好的生活增光添彩。这一切永远铭刻在心中，成为难以忘怀的珍贵记忆。

走了很多人家，阿爸已经微醺，偏坐在马背上开始唱他的《小花马》，长调歌声飘向云天。胯下的马交剪着双耳加速飞驰，翻飞的四蹄下雪花飞溅，四周的山峦也似乎与我们比翼齐飞。

在美妙的祝词中包含着民俗和民风，包含着箴言教导，口口相传、生生不息的美好的查干萨日，蜜一样的童年，在回忆里距离我多么近啊！

多根葱

我没有看到像今年一样草原上开遍多根葱粉红色花的夏天，已经三十多年了。从房后、院墙外，以及从牛粪堆旁边开始到处盛开的多根葱粉红色的花蔓延到天边，铺天盖地，把久违的年代重新拉了回来，把我引入童年的回忆之中。

雨水真有神奇的力量，把干旱的土地浇灌得透透的，再加上阳光普照，消失已久的家乡风貌重现，是大自然的恩赐，是大地上的奇观。

当盖上花被子的家乡土地重新把我揽入怀中时，曾经长期被孤独、悲伤折磨的我，真想在它软绵的土地上双膝跪地。

我的家乡原来是多根葱、山葱长势茂盛的地方。夏天，从来不知道什么叫旱。下过一场雨，多根葱粉红色的花朵争相开放，微风吹来随风摇曳，我们也似乎觉得在跟着它摆动，周围的山岚也似乎随着它摇摆。当沙拉山麓一马平川完全被多根葱粉红色花所覆盖时，为了一饱眼福，我故意把羊群赶到那边去。当我牵着马儿徜徉在花海中，花的波涛向我涌来，微风习习，花香扑鼻。羊群在花海边上安详地吃着草，在那里我一会儿坐着举目眺望，一会儿躺在花丛中看着朵朵白云在蓝天上飘移，被阳光熏暖的大地的气息轻轻地亲吻着我的面颊。

　　　　五畜兴旺如珍珠玛瑙

　　　　我的家乡美丽富饶

　　　　多根葱的粉红色花

　　　　向我露出神秘的微笑

　　　　无论走到天涯海角

　　　　花香让我梦牵魂绕……

二十世纪八十年代，我被命运的缰绳牵引着离开了故乡。闭上眼睛，那仁宝力格辽阔的牧场总浮现在我眼前。冬营盘、夏营地之间随季轮牧的勒勒车辙印，像一条无形的绳索把我紧紧地连在一起，无论我越过山跨过河走得多么远，我感觉这根绳索把我拉得更紧。所以，我二十多年前出了一本诗集，书名就叫作《多根葱之花》。

开着多根葱粉红色花的这个地方曾经留下我穿着花衣裳的倩影，曾经遗落我羊角小辫上的发卡。当我悠闲自得地行走其间，花朵们随风摇曳，好像在向我点头致意，表示欢迎，此时此刻，当年，前衣襟里兜满了刚刚捡拾的山野葱兴高采烈地跑回来的童年仿佛回到了身边，夏营盘各家各户晾晒拌有多根葱的奶豆腐的情景也仿若出现在眼前，无言地讲述着曾经在这里发生的陈年往事……

曾几何时，干旱少雨，春天刮起漫天的热风，曾经生长得没膝深的茂盛的植物几近被遗忘，山峦被凄凉的尘雾所笼罩，真是惨不忍睹啊。世间的万物哪一个能离得开水？这一切难道不是大自然的报复吗？不是对人类的惩戒吗？所幸的是坚硬的土层下面，多根葱顽强地保留着它的根须，一遇甘露，万花怒放。漫步在清新的空气里，令人心旷神怡，曾经把每次匆匆而来、匆匆而去的我牢牢地拴住了，舍不得离开，执意要多住些日子。故乡具有令人心驰神往的神奇力量。有一次，我在长途班车上遇见一位在城里看病而返的妇女。车过大青山，当她看到故乡的草原，她苍白的脸上马上有了光泽，便情不自禁地哼起了歌。我立刻想起了一个词——"故乡的正能量"。我这次回故乡，也感到十分欣慰。开满多根葱粉红色花的草原辽阔无边，一望无际，为我的思念增光添彩。

　　　那是太阳旺盛的睫毛

　　　那是月亮感伤的眼泪

　　　多根葱粉红色的花卉啊

根须永远不枯萎

生长起来的坚强信心

刀砍斧研也不能摧毁！

  粉红色的多根葱花为碧绿的草原镶边，看着那样醒目，那样美丽，令人心旷神怡。这次我回故乡，发现自己深深地喜欢上了粉红色。我们家窗帘、壁纸以及厨房里碗橱上的蒙布……无一不是粉红色，一走进屋一片粉红色相拥而来，让我置身于粉红色的世界里。粉红色给我温馨、浪漫、乐观的感觉，我如此喜欢粉红色，一切源于我从小看着长大的草原的装饰物——多根葱粉红色的花。

  人与故乡血脉相连。要对吸吮着其养分长大的故乡土地，心怀感恩之情，常怀报恩之心。我时常悄悄地对自己这样千叮咛万嘱咐。

原载《花的原野》2022 年第 6 期

译于 2023 年

漫漫驼铃声

西·宝音陶格套 著

春华 译

宝音陶格套

笔名西·宝音陶格套。1957年11月生于阿拉善盟阿左旗。内蒙古作家协会会员，阿拉善作家协会会员，内蒙古自治区幼儿教育协会会长。2019年获中华人民共和国成立七十周年"策克"杯"花的原野"文学那达慕散文二等奖。2019年获内蒙古文联举办的中华人民共和国成立七十周年征文大赛三等奖。2021年获建党一百周年"花的原野"文学那达慕散文一等奖等。

白春花

笔名春华，蒙古族，中共党员。生于1964年，包头市人。从事公文翻译、刊物编辑、少数民族古籍整理工作多年。内蒙古翻译家协会理事，副译审。蒙译汉译作有《文韵大漠》(文集)、《戈壁之魂》(中篇小说)、《胡吉日图的迷雾》(长篇小说)、《黑焰》(长篇小说)、《漫漫驼铃声》(散文)、《牧驼人的爱》(短篇小说)等。

一

驼铃声，是我童年岁月最刻骨铭心的记忆和向往，也是阿爸率领的驼队最美妙而神奇的旋律。它是我儿时淡淡的忧愁与爱恋，幸福与快乐，梦想与希望。

浩浩荡荡的驼队行进于茫茫戈壁滩中，在天地一色的海市蜃楼间若隐若现，驼铃声传送到千里之外，记录着一代或几代人的悲喜人生，撰写着一个世纪壮美的历程。它们穿越于荆棘草丛、沙丘边缘、大漠深处、沼泽泥泞中，向着目的地前进。驼铃声忽强忽弱，犹如起伏的人生长调，消失在云端。阿爸的驼铃声，如同我少年时期脆弱的泪泉闸门，使我那涌动的热泪总是沿着驼队清晰的脚印，流向天边。

每当呼唤着"阿爸"跑到山丘上眺望，背后总有阿妈那轻柔的安慰声飘来："儿啊，阿爸很快会回来的！"

驼队都是迎着寒冬时期最凛冽的风而出发。习惯了驼队征程的骆驼们，头顶着寒风帅气地甩着浓密的鬃发，激动地等着出征，还不忘回头用温和的大眼睛看看准备着洁白的鲜奶遥送驼队的奶奶。爷爷更是随着驼铃声起身，按捺不住当年走驼队的激情，前前后后地忙活，不厌其烦地嘱咐着："喇嘛家的太鲁阁①容易惊悚啊，注意点！""棕红母驼体力差点，别忘了随时给点饲料啊。"阿爸盛气凌人地斜跨在驼峰耸立的红棕驼背上，翻起长袍衣襟，指挥着出发前有些凌乱的驼队，还不时应着爷爷千般嘱咐，俨然是一位身经百战的指挥家。

驼队的前面，一般都安排身强体壮的戈壁滩棕红驼，它们步伐强劲，耐力超强，熟悉驼队路径和主人的意图，是每次征程的主力。一旦上路，它们个个洒脱地挺着长脖，甩着饱满的驼峰，鬃毛随风飘扬，驼掌节奏稳健。在"戈壁滩黄土道"上，向着高日罕②吉兰泰不知疲倦地移动，犹如南归的雁群，渐渐消失在天边。

记忆中，阿爸是每年的秋季末月到冬季中月整整三个月都在旅途中的。每天天一亮就起身，星斗满天时扎营，一天行走大概七十里。阿爸是爷爷之后，牵上骆驼行走于戈壁滩黄土道上的年轻继承人之一。

农历十月中旬一到，阿爸和爷爷就开始忙着准备驼队拉盐的事情了。从草场把骆驼们寻回来，开始吊水膘，并配套从鼻棬、驼鞍、帐篷、锅具茶具、扁桶、饲料、褡裢、皮捎绳到毛制长口袋及牵绳等所有驼队需要的东西。之外，阿爸还会很细心地侍弄他那心爱的驼铃，选枣树木修个铃锤，用驼鬃毛绑个红黄相

---

① 太鲁阁：未骟蛋的三五岁公驼。

② 高日罕：阿拉善人指的吉兰泰盐湖。

间的铃穗儿以及铃枕、铃绳、铃扦儿等等。忙得团团转，爷爷也过来指指点点，好像比阿爸还忙活。奶奶也不闲着，每天捣茶，做风干牛肉、炒青稞荞麦面，装袋子的时候阿妈也忙着弄鬃毛垫子、棉絮被褥等，个个忙得不亦乐乎。我喜欢阿爸的驼铃声，迫不及待地想听驼队启程时那欢快的驼铃声，有时还趁大人不注意摇铃而遭爷爷的呵斥。爷爷说："空响驼铃，出征的驼队会减收获的。"

出发前，远近苏木①、嘎查一同前往的同仁们陆续集合，各色帐篷在我家附近林立，景象非凡。驼队的老熟人、老伙计们互相嘘寒问暖，谈论天气趋势、畜群毛色、吊膘好坏等，好不热闹。在帐篷内会聚的人们喝着浓香的奶茶，兴致勃勃地听着爷爷讲故事。

阿爸很忙，无暇顾及我。我跟着爷爷进进出出各个帐篷，吃好吃的，听新鲜有趣的新闻，是一时最高兴的事情了。

忽然，帐篷外传来"嘭"的一声放重东西的声音，接着门帘被掀开，迈进来一只驼掌似的靴子头。进来一只脚，身子还在外面就听见沙哑的声音在喊："身板好的去拉水，厨艺好的做饭，没事的可当下手，干起来哟！"好家伙，好比在落座的鸟群里扔了块石头一样，听故事的人们纷纷起身，各干各的去了。然后帐篷里响起爷爷和那个大汉欢快的说笑声，在那响亮说笑声浪中，帐篷的顶部都在微微颤抖。

那年冬季的雪挺大，在整夜飘洒的瑞雪环抱下，我睡得香甜无比。清晨起来发现阿爸睡的铺是空的，阿妈和爷爷奶奶三人

---

① 苏木：内蒙古行政区划名，相当于乡。"苏木达"即乡长。

围着火撑有说有笑地喝着早茶，还用有趣的眼神看着我。原来阿爸在凌晨就领着驼队向吉兰泰盐湖行进了啊！走出去一看，戈壁滩静悄悄的，下了一夜的瑞雪把整个大地装扮得银装素裹，眼前一片洁白。我欢喜地捧一把雪含在嘴里，举目望向阿爸出征的方向，结果眼里心里都是空荡荡的。圈里的羊群向我咩咩叫，而牧羊犬却枕着梭梭木跟前的阿日格勒①，乱蓬蓬的头抬都不抬一下，享受着大雪后露出笑脸的阳光。"懒散的坏东西，为啥不懂得叫一叫。"我随手扔过去一块冻结的阿日格勒，它却不懂得我的心，无辜地向我抬了抬眼，真是个懒散的东西。

从此之后，我家附近就经常有驼队的影子了。驼铃声让我更加思念阿爸，甚至有时候在睡梦中也能见到阿爸而惊醒。白天还因为想念而跑到后山头眺望远方。是啊，漫漫戈壁滩上，没有阿爸陪伴的日子是沉闷的。这时候阿妈看见我闷闷不乐地回来，总是慈爱地抚摸我的头，温和地说："宝贝啊，想阿爸了？远征的阿爸不会很快回来的呀！"爷爷玩着纸牌，眯起眼睛说道："好卦好卦，咱们的驼队畅通无阻，上好卦呀！"然后捋捋胡须，笑着安慰我："怎么了孙儿？嘴巴嘟嘟的，想阿爸了吗？别着急啊，很快就回来了。"不知怎么的，爷爷的一番话好像带来了阿爸驼队那熟悉的驼铃声一样，我的心情立刻激荡起来。唉！童年那些思绪飞扬的日子啊，犹如那些老牛车一般赶也赶不快，使得思念阿爸的日夜变得悠长而沉闷。

奶奶赶着羊群从草场回来，又给圈里几只体质虚弱的羊儿喂点饲料，带着寒气进屋，搓着冻红的手扶着爷爷的膝盖坐下，

---

① 阿日格勒：自然风干的牛粪。

嘴里不停地说："冷啊，冷啊！咱们的驼队在这么冷的天不知怎样？估计他们还顺利吧？"顺手拿起火钳给火撑添火。顿时一股暖流涌起，阿日格勒那熟悉的清香烟火，迎着套脑①射进来的阳光飘出。阿妈在一边拿出赶着春节给阿爸穿的新袍子，忙着钉盘扣。只有我没事，又没玩伴，希望早早有个弟弟好陪我玩耍。

我凑近爷爷磨着要好吃的，而爷爷也痛快地随手扔过一颗"冰糖"，高兴得我立即放进嘴里，结果我的脸瞬间皱巴成煮熟的羊瘤胃了。在大人们爆发出的笑声中我才发觉上当，原来爷爷戏弄给我一颗盐巴。爷爷好像没发生什么似的，说："记住啦，看着像香甜的冰糖，其实不一定是冰糖啊！"

二

戈壁滩黄土道上早早上路的驼队留下各自美妙的驼铃声并渐渐远去。爷爷站在外面望着驼队的影子自言自语："今天咱们这儿过了七个驼队。乌力吉乡的驼队拉货很精干；回族人的驼队从北梁经过了；寺庙的驼队刚刚从南面经过。"奶奶也用手遮着阳光眺望着，喃喃地说："那个牵白驼的驼队好像是西面密林的人们，除了牵的那头，其他的都是一色的棕黑色梭梭木骆驼……"她虔诚地向着驼队走的方向点上香柏，祈祷远途的驼队吉祥安康！

三九天刚刚开始的那个清晨，我们看见一列奇怪的驼队，驼队只有一峰种驼，还有两三个公驼和一个带驼羔的母驼。他们慢

---

① 套脑：蒙古包的天窗，呈圆形，扣于蒙古包顶部。

慢地要从西面经过，奶奶吃惊得不知所措："怎么会有这样窘迫的驼队呀，好像只有父子俩啊，往南过去的时候一人骑一个骆驼，回来怎么成两人一个骆驼了呢？"边说边装了点茶点肉食领着我匆忙赶了过去。穷人家的穷酸驼队让我看了心里不是滋味。

回来后奶奶跟爷爷说："还好，给了点热茶温温肠胃，还听说咱们的驼队已经来回两进磴口了。"爷爷却有些不高兴："还真是，告诉他不要想着一口气吃饱，早忘了吧？骆驼们苦重了吧，不爱惜牲畜的家伙！"爱惜骆驼的爷爷很不高兴，黑着个脸嘟囔："棕红老母驼走的时候还是个膘肥体壮的老家伙来着，这次还不知道被折腾成啥样，没让走就好了。"阿妈赶紧转移话题说："不知今年的盐业什么情况啊？"奶奶却只担心阿爸的安危，喃喃自语："安全回来比什么都好啊！"

一天，爷爷迎见一个驼队回来老大不高兴，吹胡子瞪眼地嘟囔："没见过这样不懂规矩的人们，到处明说自己真实地名和住处。"原来走驼队的人们自古有个约定俗成的规矩，互相介绍从不明说自己的驻地名称，只是泛泛地指戈壁滩的、大漠的或者是后滩的等等，不然让人笑话没见识，不懂规矩。"行了，别总是吹胡子瞪眼的，多大个事呀，现在年轻人不懂老规矩也是可以理解的吧！好了，喝点热茶顺顺气！"奶奶连哄带开玩笑地把爷爷安顿好了。

看着爷爷寒冰一样冷峻的脸，我赶忙跟着阿妈和奶奶出去，赶出圈里的羊群，然后和奶奶清理羊圈。我好奇地问奶奶："吉兰泰这个地方在哪里啊？"奶奶放下手中的活儿，指着南方："看见没？远处那个须弥山没？从那儿再走一个月的路程有一个叫吉兰泰的盐湖，你爷爷的阿爸、你爷爷，现在是你阿爸率领一帮年轻人，带驼队从那里拉盐呢！"

"那为啥非要拉盐呢？"奶奶看了看我，深情地说："为了解除凡间的苦难啊！"说着笑了一下，"给你说说也无妨，那都是神话故事。"

传说远古的时候，天是蓝盈盈的，水是清亮亮的。有一处湖叫吉兰泰，它的水如同孩子的眼睛一般清澈，周围环境美如仙境。有一位牧羊的青年每天在湖水岸边放羊，久而久之被一位路过此地的龙王之女看上。龙女把洁白的手绢送给青年，并天天来到吉兰泰湖边取泉水给青年熬茶喝。此事不久被传到龙王耳朵里，龙王坚决反对此事。可热恋中的龙女不听龙王的话，继续来湖边与青年相聚。龙王发怒，差随从去把龙女拉回来，并要随从把洁白的手绢也抢过来。可随从大意，龙女是接回来了，而手绢却忘了。牧羊青年天天捧着龙女洁白的手绢，擦拭着时刻流出的思念的眼泪。久而久之，浸满眼泪的手绢变成了一潭湖水。

很快有一天，天王发现东北地有一处亮晶晶的东西，招来日、云、风三神问问，日神下去看看回来说："那是一潭湖水。"云神看了回来说："那是一处海水。"风神看了回来却说："那是一汪苦水。"天王不解，何为湖水？何为海水？何为苦水呢？此时旁边坐着的白胡子飘飘的圣人把牧羊青年和龙王之女的事情说给了天王听。天王听后下令让日、云、风三神下凡，把这个人间之苦给解救一下。云神摇头说："我无法解救牧羊青年之苦，因为我跟着哭的话，青年之苦不会减少反倒加深。"天王差日神和风神道："你俩一起下凡，帮云神把人间这苦难给减一减，不管春夏秋冬都不要有苦难。"三神下凡各显身手，日晒、云盖、风吹齐上阵，结果神力过猛，日晒的湖水变成云彩，被风吹得无影无踪，从此湖水不再有，湖面干旱，因人的眼泪是咸的，洁白的手绢变成了盐湖。天王知道此事后有些后悔，叫道："把更大的苦难留到人间了啊！"从此，世世代代的凡人，为减少牧羊青年之苦而开始享用盐巴了啊……

奶奶为什么给我讲这个神话故事，是要我成为一个善良的人吗？不得而知，但是这个凄美的神话故事在我童年记忆中留下无法磨灭的痕迹。从此以后，在我脑海里，种下了长大以后一定要去吉兰泰盐湖看一看的愿望。

驼队出征都是要卜卦看相择吉日出发的，这是老祖宗延续到今的习俗。哪天是好日子，哪天是不能远征的，都要认真斟酌一番。禁忌巳、亥之日出发，说征途不利，有坎坷。一般都讲究选午日或戌日出发，说这两天是最吉利的。驼队都有一个领队，每一队由两到十二人组成，每一列由十个到十五个骆驼串起来。驼队按规定的时间出发，沿规定的路径行进，在规定的时日归来。富人的远征都由几列驼队组成，而穷人家的只有几匹骆驼，或者几家组成一列。驮子应由两个人密切配合才能完成，驼队征程中这是一件很重要的工作，晚上卸货，清早装货，如果两人不配合或者闹矛盾影响工作，领队则会调整他们的工作，派去干些放驼、饮驼或做饭等工作，如遇严厉的领队会直接处罚。遇上新手和不尽心者，领队会直接让卸货并重来。这也是教导年轻人认真工作、熟悉工作的手段之一。

骆驼是戈壁滩古老的动物。戈壁滩人对骆驼的饲养是最有耐心最有爱心的，而且有一套行之有效的办法。骆驼是一种温驯而善良的牲畜，侍弄好了很快会与你贴心，成为朋友，分别多远也哼唧哼唧地跑过来，是让人心疼的精灵。对野性十足的骆驼，人们也不会打骂虐待，而是顺着脾气耐心驯服。对参加驼队出征的骆驼更是用心侍弄，秋末早早就把膘肥体壮的骆驼牵来，使用得当，自然出汗，用心吊水，这样再艰难的征程都会得心应手，耐力超强，轻松完成任务。

手牵驼，一般都选择憨厚老实的骟蛋公驼。帐篷、炊具、吃喝用的东西都驮在手牵驼背上，保障人员征程中的基本生活。因为驯好的手牵驼们在征途中无论遇到什么情况，都会像一颗螺丝钉一样纹丝不动地在原地等待主人的归来。所以选好驯好手牵驼也是非常重要的经验。驼队征程中，还有很多鲜为人知的规矩或习惯。譬如：驼队扎营的时候，值日的队员负责准备一早一晚的餐食，但是遇到人烟稀少寸草不生的沙漠地带，大家要一起寻找柴火木头，同心协力。野炊中剩的骸骨踝骨等，都扔到炊火中，禁忌留在他乡，说会有不测发生；肉肠是一般不带的，老人说会延长征途，如若不懂规矩带上了，则把肉肠的头部切掉扔进火里；牧人们自古以来有着把肩胛骨肉吃得干干净净，并用白净的肩胛骨卜卦看相的习俗，征途中更不能随便扔整块的肩胛骨在外乡。

骆驼架子，是个只有在戈壁滩才有的神奇的东西，那是远征驼队的必需品。两个人共同抬起两侧的架子放驼背上。货物都要整整齐齐摆在架子上，并且要求两人的手力、腿劲都要默契而且动作迅速。架子是从最后的铃驼开始往前架，而且根据骆驼的身高体力，安排大小货物。膘肥体壮的成年公驼能驮四百斤的货物而整个征程中不会掉链子。驼队前面一般安排个子小腿短的骆驼，依次往下排，而且刚开始怎么安排，一直到结束都是不变的。绑固装货物的毛制长口袋的口也是一件技术活儿，绑得好的货物在驼背上不仅看着像举起的两只大拇指一样好看，而且远征途中不伤骆驼腰背。

旅途尽管漫长而艰险，但终究会抵达向往的目的地。看到如同山川一样遍地延伸的如白色宝藏般的盐巴，在阳光照射下，犹如珍珠玛瑙、翡翠珊瑚般炫彩夺目，让人感到无比幸福，如同解除所有的苦难，投进天堂的怀抱一样。是呀，几百年来，吉兰泰盐湖，用无私的爱恩泽着戈壁滩众生，不管贫富，不分贵贱，一视同仁。而戈壁滩人也是，祖祖辈辈用虔诚供奉，享受盐湖的福报，享用盐湖的宝藏经营生活，抚育子孙。所以感恩盐湖，向往盐湖也是天经地义的事情。

三

戈壁滩人祖祖辈辈经营驼队，驼背上载着盐碱，驮着生熟皮，拉着绒毛，东进绥远、百灵庙、北京，回来的时候满载着祥泰隆商号①的货物，往西经过黄河大峡谷、巴丹吉林、甘肃、新疆哈密，再往后经过阿拉善衙门②，到大圐圙③、扎门乌德④。这就是古今中外著名的丝绸之路，茶马古道的一部分。几百年来，戈壁滩人牵着骆驼用脚步丈量着茫茫戈壁广袤的土地，风雨无阻，用诚实守信的秉性促进了东西文化的交流，丰富并提高了

---

① 祥泰隆商号：清代阿拉善旗旅蒙商号，创建者原是山西平遥县人。

② 衙门：指的是清朝时期阿拉善王府。

③ 大圐圙：现在的蒙古国首都乌兰巴托市。

④ 扎门乌德：蒙古国的口岸城市，临内蒙古自治区二连浩特市。

边境牧民的生活水平。他们与骆驼共命运，共冷暖，迎着寒风，踏着冰雪，克服艰难，应对强盗，开辟了早期的从哈密到绥远的驼队丝绸之路。

清朝同治六年祥泰隆商号成立，到光绪二十六年的时候已经发展为拥有四十五万工人的大商号了。随着盐业的兴起，内地的买卖开始兴旺，祥泰隆是跟着驼队买卖迅速发展起来的商号。传说那时的大掌柜，坐在并连起来的两峰驼背上架起的竹编椅子上，挥舞算盘记账算钱，还轻松地用蒙古语寒暄："大圐圙去过吗？帆布帐篷住过吗？"清朝、民国的时候，他们收购牧民的皮毛、牲畜等，再给他们提供烟酒、粮油、茶盐等基本生活用品。同时为了生意需要，祥泰隆的买卖人都学会了戈壁蒙古语，虽然有些生硬，但也都沟通无碍，使得买卖双方能顺利进行交易。这些在王府账簿上都留下了历史的记录。传说中，祥泰隆的红糖在戈壁干旱环境中硬得像石头一样，而遇上雨水却像人的心灵被感化一般开始消融。这是骑骡子的掌柜讲的笑话。

> 喇嘛哥哥你不明白哟
>
> 铺子里的糖知晓一切
>
> 祥泰隆的红糖啊坚硬无比
>
> 只有雨水能打融它心坎呀……

在那艰难的日子里，驼队的征程是艰苦的，长途跋涉的岁月中，戈壁滩人还广泛流传着一首歌曲：

> 金桃皮木的戈壁滩哟

故乡的影子就在眼前

最让人牵肠挂肚的呀

是家中苍老的父母亲哟……

听奶奶说，她年轻的时候就是一位大漠深处的牧驼之人。有一天，她遇到了一帮他乡的正为寻找水源而着急的驼队。奶奶热情地引路到家附近的水井，解决了他们的燃眉之急。驼队人满心感激，从驼背上的毛质长口袋中拿出一堆葡萄干送给了奶奶。有意外收获的奶奶兴高采烈地赶回家时却又遇到了七八个强盗，他们个个带着枪，骑着马，盛气凌人，不管三七二十一把奶奶手里的葡萄干全部抢走，然后追前面那个驼队去了。奶奶惊魂未定还为刚才的驼队祈祷。

就这样，祖祖辈辈用驼背运输的高日罕吉兰泰的盐业一直延续到中华人民共和国成立，后来成立了苏木，盐业运输也得到了空前的繁荣。把吉兰泰的盐运到磴口、武威、银川等地，腊月的时候拉着过年的米面、食用油、糖果红枣、茶叶烟酒、布匹绸缎等满载而归。这就是老人们所说的"戈壁滩黄土道"，也就是后人所说的"丝绸之路"。那是用骆驼的脚印一步步丈量出来的、是戈壁人用汗水和生命打造出来的、滋养了祖祖辈辈人民的幸福之路啊！

四

驼队是什么时候开始使用驼铃的，现已经无法考证，但传说驼铃是为了防止驼队成员掉队而挂在最后几峰骆驼颈下，是有依据的。驼铃一般都挂在身高体壮的骟蛋公驼颈下，它们的脚步稳健而强劲，因此驼铃声也悠扬而匀称，在征程中起到步调一致、振奋精神的作用。这是在我小时候爷爷说给我的。听说刚刚参加驼队征程的三四岁骆驼，起初虽然使性子，对主人吹胡子瞪眼，但很快在匀称而悠扬的驼铃声中找到和谐的步伐，融入驼队统一的步调中，慢慢跟上队伍。从这一点上看，驼铃声还是行进中的号角声啊！

驼铃一般分大、中、小三个等级，铃盖儿是由民间手艺人精心设计并打造而成，都挂在驼队后面几匹骆驼左侧颈下。行进中花纹精美的铜铃在阳光照射下闪闪发光，在铃驼们一致的步伐中奏响动听的旋律，犹如宫廷美妙的音乐，让人陶醉，让山川和谐。

因为驼铃的重要性，所以大家很注重驼铃的保养和保管。避免发生驼铃哑声或松弛等情况，一般不放在沙土地上，而是谨慎地挂在高处或干净的地方，这是规矩。遇到严寒，为了防止驼铃冻裂或破洞，有些人还把铃舌用熟皮条包裹好，太阳暖起来才放开。当然，没有驼铃声的驼队是沉闷的、没有灵魂的，连骆驼都耷拉着脑袋，主人都会显得无精打采。可一旦响起了驼铃声，骆驼们立即抬起头，精神焕发起来。就是夕阳慢慢西下，傍晚渐渐黑暗，只要有驼铃声，不管戈壁深处、沙漠腹地，还是山谷沟壑中，驼队的步伐不会停顿不会凌乱。驼峰林立，驼鬃在微风吹拂下飘扬。而骆驼的主人们，个个像勇士，神采奕奕。

快到春节的时候，须弥山东麓出现了一队驼队，随着洪亮的驼铃声，出现了阿爸牵着骆驼走来的身影。晚霞中满载而归的驼队下榻我家是件多么幸福而令人高兴的事情啊！远征归来的骆驼们也好像知道完成了任务，回家放松一样，不等卸载货物，迫不及待地哗啦哗啦撒开尿了。而在被它们的尿液冲开了洞的雪地里、冻土中，升腾起热腾腾的雾气，好不壮观。

我迫不及待地往前挤，为了我多日想念的阿爸。爷爷赶紧拽住我的胳膊："别让骆驼踩了哎，等一下！你看，让骆驼安稳地尿尽，憋回去会难受的哟。"伸展腰身的骆驼们抬起高昂的头甩动的时候，鬃毛上的哈气霜犹如雪片一样飞扬在月光下，美得让人跳起来。真是人逢喜事精神爽啊，驼桩跟前侍弄棕红色母驼的奶奶好像刚从梦中醒来一般，大声喊："快进屋喝茶呀！"只见蒙古包的门一闪，阿妈端着热气腾腾的奶茶在屋里忙起来。

浓香的奶茶让人神清气爽，弦月好像也忘了回家的路，在空中久久徘徊，蒙古包内笑声震耳欲聋。阿爸兴高采烈地发放跋山涉水带来的春节礼物。给爷爷奶奶一包一包的绸缎布匹、烟酒茶果、核桃红枣等，爷爷奶奶高兴得合不拢嘴。给阿妈也带了大包小包的礼物，阿妈的脸红得更加美丽了。每次阿爸都给我带回很多我喜欢吃的糖果点心，我觉得这世界上没有比这些更好的东西了，高兴得我不知所措的时候，爷爷在旁边打趣："长大了也就是个贪吃货哎！"我的脸比阿妈的更红了。

那是一个满天星斗的静静的夜晚，我贴着阿爸慢慢进入了梦乡。清早醒来的时候阿爸已经忙了起来，他把被货物压塌的驼背上的毛一一捋顺整理好赶向牧场。这也是牧驼人侍弄爱驼的必要手段，不然骆驼会因受寒而体力衰退，到春天的时候会掉膘。原来阿爸在驼队征程中也是坚持这么做的啊！

迎着太阳光出门的我看见门前的雪在暖阳照射下悄悄消融，

一群沙鸡呼啸着从我头顶飞过。我急着要驼铃玩，就跟着阿爸来到拴驼桩跟前，看到一袋一袋的盐巴在屋外码放得整整齐齐。盐巴在牧区有很多的用处，譬如：牲畜缺碱时喂盐巴，医病也用盐，并且按用途需要分成白盐、蓝盐、灰盐和红盐等。我从毛质长口袋里抓了一把盐给小羊羔喂下，心想：牲畜为啥要吃盐巴呀？如果拉来的不是盐而是糖果，那该多好啊，我可以给小狗喂喂，还可以给邻家的吉日格勒琪琪格①分点……忽然又想起奶奶说的牧羊小伙子的传说，向往长大后像阿爸一样带着驼队，当一名减少人间疾苦的当家人！

五

那一年，戈壁滩通了火车，驼队却从此不见了踪影。是呀，社会在进步，科学技术在发展，沉睡几个世纪的茫茫戈壁滩开进来火车，这是兴旺的见证，也是丝绸之路新的延续啊！但是骆驼好像退出了历史舞台一样，默默回到戈壁滩，成了无人问津的东西，甚至因为草场、经济等原因，把骆驼换成小畜的人也多了起来。这些都令奶奶心痛。

有一年秋天，收骆驼的人开上卡车来我家拉骆驼的时候，牧羊犬大打出手，阻止骆驼贩子。爷爷奶奶用了浑身解数才把牧羊犬绑住，眼巴巴地把自己亲手饲养的骆驼们送走，别提有多么伤心了。被绑住的牧羊犬疯了一样吠叫着，奶奶看不下去转过了

---

① 吉日格勒琪琪格：人名，意为"幸福的花儿"。

身。不一会儿牧羊犬挣脱了绳索箭一样顺着卡车开走的方向扬起尘土不见了踪影，三四天没有音信。爷爷奶奶坐立不安，牵挂得吃不香睡不安。是的，没有狗叫声的牧户家显得没有生机啊！又一辆收骆驼的卡车来到家里，喝茶的时候闲聊，说我家牧羊犬在城市骆驼集市里守着自家骆驼趴着呢。望眼欲穿等待狗的日子是难耐的，几天之后，屋外忽然响起狗叫声，出去一看真是我家的牧羊犬阿尔斯楞啊。见到迎过去的主人，狗就地卧下了，只见它的四个脚掌已经血肉模糊，几乎能看到骨头了。狗啊！好忠诚的精灵，知道自己家的骆驼被人拉走而不顾一切挺身保护，真是让人感动。牧羊犬因伤痛呻吟了几天，精心侍弄它的那些日子，心是沉重的，而那个秋天是漫长的。

爷爷说："温饱不济的时候，看着满院的牲畜觉得自己是富足的，但现在已衣食无忧，每每看到空荡荡的圈棚反而觉得空虚失落啊！唉！我那吉祥的驼群啊！"

骆驼，是集十二生肖全部特点的很有福气的精灵，把鼠耳、牛脊、虎爪、兔唇、龙颈、蛇眼、马鬃、羊胸、猴峰、鸡凤、狗踵、猪尾集于一身。自古以来除了驼运之外，我们还享用它们的奶食、绒毛。后来随着驼绒、驼掌的不断升值，戈壁滩骆驼数量也迅速下降。戈壁滩黄土道上满载骆驼的汽车络绎不绝，千千万万峰骆驼成了人们餐桌上的美食。据统计数据，中华人民共和国成立时阿拉善有 5.91 万峰骆驼；1982 年驼队运输停止之前发展到 25.15 万峰；可到 2002 年的时候，急剧下降到 6.10 万峰。真是心痛啊！

骆驼是逐水草而生存的生灵，但是随着封草场、圈养等兴起之后，沙漠之舟的步履被限制。不用说壮观的驼队，连养几峰骆驼都成了问题。多么美好的驼铃声，多么珍贵的驼文化啊，就这样消失了吗？

儿子淘气，总是要去储藏间摇响驼铃，而我总是按我爷爷奶奶的教导呵斥他："驼铃是不能空响的，会减驼队收获的呀！""我想听驼铃声啊，阿爸！"戈壁滩长大的小子，就是这样认识驼铃的啊！驼队没见过，美妙的驼铃声更没听过。

那年秋天的一个傍晚，我来到了年少时曾经向往的吉兰泰湖。眼前看到的是，小溪从小小的泉眼中有一下没一下地慢慢流出。微微枯黄的草棚和孤独无助的一峰饥渴的骆驼无精打采地站着。迎面吹来的乌兰布和沙漠干燥的热风让我思绪万千，早年让人魂牵梦绕的驼铃声都到哪里去了呢？只有枯萎的千年胡杨树才记得当年漫漫驼铃声吧！

六

现在换我来讲述吧，我就是前文提到的那个因为玩驼铃而被训斥的孩子。阿爸没能如愿继续他所热爱的驼队征程，现在老了。每当秋风扫落叶的时候，阿爸总会想起祖祖辈辈沿着戈壁滩黄土大道，牵着驼队远行的传说般的历程，心情无比地惆怅。那些刻着精美花纹的驼铃，储藏各种骆驼用具的屋门，失去了往日的光泽与神奇，令人惋惜。那些收集古玩的人知道我是戈壁滩人的后裔，经常出入我家打听驼铃。记载着我祖辈足迹的驼队驼铃，我怎么会拿来换钱，是要珍藏永远的哟！

有时回戈壁滩，我那淘气的儿子总忘不了拨弄一下挂着的驼铃，阿爸那已经无光泽的眼神就会瞬间发亮，不但不训斥我儿，还说"使劲……再使劲……"越说越起劲。驼铃是阿爸心灵深处永远的记忆，是祖辈为了减轻人间疾苦而远行的信念。而这个信念到我和我儿子的时代，已经被换成火车、飞机，远古的丝绸之路已经找到了新的生命。

想吃糖的人可以哭，而驮盐的人是不哭的。这是阿爸给我说的祖训。

原载《花的原野》2021 年第 11 期

译于 2022 年

难忘天籁音

才布西格　著

朵日娜　译

才布西格

蒙古族，1958年6月生，青海省乌兰县人。现为西北民族大学教授，硕士生导师。十五岁步入文学创作道路，创作长篇小说两部，有作品入选不同文学选集、大中学课本等，多次获国内文学奖；部分作品被翻译、转写成汉文、西里尔文。独立完成国家社科项目《蒙古族生态文学研究》。

朵日娜

蒙古族，内蒙古赤峰市克什克腾旗人，内蒙古自治区翻译家协会副主席。出版译著《阿拉善风云》《断裂》《饮马井》《我给记忆命名》等。曾获第十三届全国少数民族文学创作骏马奖，内蒙古自治区文学创作"索龙嘎"奖，《民族文学》年度奖。

《金手镯》

我小时候听过一首非常好听的民歌。歌词、歌曲、歌声都极其美妙，常在我梦里出现。不知是谁唱的，却常常猜想她应该是我的同龄人。那银铃般的歌声，犹如耳垂上的一对金耳环，跟了我整整六十载。六十载一晃而过，我现在只要想起那歌声，就情不自禁地沉思回忆，躺着的时候会忽然坐起来，走在路上会骤然停步：她是谁？在哪儿唱过？

> 恩和河套的河水哟
> 湍急的水流在奔腾
> 天真活泼的孩子哟
> 受父母恩佑初长成
> 那端放在柜子上的
> 是我金灿灿的手镯
> 等到十八岁的时候

戴在手上的金手镯……

我非常清楚，这首歌与我那群山连亘、林海苍翠、云遮雾绕的夏营盘有着灵魂深处的联结。

现在的人远远地望着那里，会有这样的疑问："这里除了草不会长其他植物吧？"在我儿时的记忆当中，那可是一处阳面青草如茵、阴面柳丛茂密，满眼望去都是绿油油的山地啊。每年的七月初，我们就会往那里迁徙。杜日本图里宝、噶日玛尼淘乐盖、乌兰哈达、塔尔仍、乌素图额葰、巴拉嘎那台、米努嘎……跟着父亲、姐姐、儿时的伙伴或自己去这些夏营盘的牧场放牧的情景，随着年龄的增长，在我脑海里愈发清晰可见。只要想起那曾经回荡在山谷中的《金手镯》的美妙歌声，就会自然而然去联想那里的群峦、云朵、高低错落的密林、变化万端的云岚。

我十岁或九岁那年，我们大队有个眼睛不好且患有鼻炎的老人。他放牧着大队的几头羯羊。那几头羯羊又肥又懒，身上沾着粪便尿液脏得皮毛都发黄了。有一天，他把一头羯羊给弄丢了，找啊找，找到傍晚才发现山谷里的柳丛里有一堆发黄的物体。他以为那头羯羊就卧在里面。柳丛非常茂密，老人钻不进去，从外面又喊又叫，折腾了好半天也没有把它轰出来。于是，又找了根柳木棍往里捅了好半天，也没把它弄出来，无奈之下只好回家了。回家一看，羯羊就在家门口。捅了半天的那个家伙到底是什么？老人觉得纳闷，家里的人也觉得奇怪。第二天，老人的一个儿子跟着他又到了那里，这才知道，被他捅了半天的原来是一头棕熊。那棕熊钻进柳丛过了夜，第二天早晨丢下一大泡粪便离去了。

其实，对于生活在神话般富饶土地上的人们来说，并不存在危险。他们早已融进了美好的自然之中。在秋营盘或春营盘的湖泊里，只要看见有鸭子游动，为了不让它们受惊，人们会远远地绕着走。同样，在山间草地的密林中，棕熊出没也是常有的情况。人们习惯了棕熊的气味儿，并不觉得害怕，久而久之通过对气味儿的分辨，人和熊之间仿佛有了某种默契，即使在山林中近距离相遇也相安无事。我想，这大概就是人与自然和谐相处的一种素质吧。反之，人和棕熊，不知哪一个，是不是早就灭绝了。

牧民们的嘹亮歌声常在这山谷中回荡。我就是在这里第一次听到了《金手镯》这首歌，也是从那时起对这首歌产生了情有独钟的感觉。刚开始的时候，我以为这是秀仁在唱。秀仁是个小姑娘，红脸蛋上长着一对忽闪忽闪的大眼睛，脑后编着一根乌黑发亮的大辫子，个头不高，胖乎乎的，比我大两岁。我俩放牧的时候，经常会遇见。一到春天，随着天气变暖，她的红脸蛋就会皲裂出血。脸上的血止不住地往外渗，她越着急越哭，我想帮她止血却帮不上，也跟着哇哇大哭，而且又怕又急，鼻血也流了出来。我俩上演的这出戏，往往都是等到她父亲来了用烧焦的羊毛为我们止血后才算告一段落。对于高原上的孩子来说，在春夏之际脸蛋和鼻子出血是常有的事。不知道现在孩子们是不是也会这样。我俩又接着说笑，继续嬉戏玩耍。她喜欢唱歌，还让我跟她一起唱，但她一首歌都唱不完整，唱一两句就不会了。我更是连她那一两句都不会唱。"大笨蛋！"她边说边像个妇人似的甩着大辫子起身，辫梢抽到我的眼睛，疼得我再一次哭起来。她也不管，径直向畜群那边走去。不止一两次呢。人影都不见了，歌声依旧回荡。

在这样的山里放牧真是幸福无比啊。

早晨放出去的牲畜很快就钻进柳丛里了。它们爱吃树叶。吃饱后不到晌午就会跑出来。羊喜欢开阔的地方，不会在浓密的柳丛中停留太久。沿着柳丛长着一圈叫草苁蓉的植物，开粉白色的花，山羊喜欢吃。草苁蓉的下面是金露梅，这种灌木与草丛混在一起生长，开金黄色的五瓣花。山羊也喜欢吃。金露梅有许多种类。羊群到了这里就像被地皮粘住了似的不会再去别处了。我们也就没必要整天盯着羊群放牧，腾出时间可以做自己喜欢的事情。在我们这些小孩儿的心里，这片神奇的大自然真是应有尽有。浓密的柳丛，飞禽走兽，花草树木，棕熊，昆虫，阵阵芳香，各种声音……这所有的一切都能勾起我们的好奇心，一整天里都不会觉得寂寞。我甚至在夏天都能想起雪或冰雹——只是想验证一下父亲做的毡质无缝雨衣好不好用。

在这山谷里经常回荡着好听的歌声。"秀仁！"我连想都不想就知道是她在唱，从来都没有怀疑过自己的判断。

这里经常下雨，总是弥漫着雾气。偶尔骤降的急阵雨威慑力很大，除此之外，小雨、细雨、雨夹雪、雨夹冰雹、暴雨……循环飘落，来时毫无预告，下时寂静肃穆。最可气的是，其间也有烈日一现的时候，毒辣辣地炙烤一会儿才肯罢休。雨停了，太阳刚要出来，一条彩虹挂在山间，那才叫个美呀。

如果把这些明亮的颜色称为华丽，那些淡薄的颜色比起这华丽还要端庄、高贵。每一条枝杈、每一片树叶都滴落着水珠，云雾笼罩着山林，一会儿浓郁一会儿又稀薄，一会儿发暗一会儿又变得清亮起来，忽高忽低地弥漫飘散，使远近的景物时而朦胧时而清晰。山羊看不起绵羊，觉得它们又老实又傻，自作聪明地躲进柳丛或沟里避雨，但湿得最厉害。我披着毡质无缝雨衣坐在林中，看着那些落汤鸡似的山羊从柳丛里钻出来，觉得很好玩，比在家中都觉得惬意，自然而然地把手伸向刀鞘，心想：要是有几块手把肉……父亲做的毡质无缝雨衣实在是质量上乘的好东西，不管是下雨下雪还是下冰雹，它都不会被浸透。

在这飘落的雨中，弥漫的雾气里，不知从哪儿传来了《金手镯》的清亮歌声。听到这忽远又忽近的歌声，我就在心里想："秀仁会唱整首歌了。"这是几年之后的事情。那时我们的夏营盘已经被分成大营盘和小营盘。我们家的牧场在大营盘，她们家的在小营盘。我俩不在一起放牧了。然而，每次听到《金手镯》的歌声，我最先想到的就是秀仁！毫不犹豫地认为："她从远处的牧场放牧回来了。"

有时，也会从山谷里传来几声枪响。那是放牧的民兵为了震慑周围的狼群，给在雨雾中独自放羊的女人或小孩儿壮胆，故意向着天空开的空炮。优美的歌声被枪声打断，不一会儿又在山谷之间回荡起来。

云散雾开后，我气喘吁吁地爬着陡峭的山坡，攀上视野开阔的山包或山梁，急切地寻觅着秀仁的踪影。群峦延绵、山林葱郁，稀薄地弥漫着淡青色的云气，却难觅歌者秀仁的踪影。

后来的几年，我总是悄悄地揣上父亲的望远镜去放牧，可还是找不到她。其实，我根本不会使用望远镜，再说擦干镜片上的水雾也是一件比较麻烦的事情。有一次，我举着望远镜看对面的山，发现有棵树在晃动。"秀仁！"心里想着，放下望远镜再仔细观察，原来是两头豹子！吓得我呀。打那之后，就把父亲的望远镜悄悄放回柜子里了。

没过多久，我听说秀仁嫁到了远处的一个大队。刚听说那会儿觉得非常遗憾，想起这件事鼻子就发酸，心情莫名地低落，身体也感到不舒服。一个月之后，才渐渐有所平复。但是，《金手镯》的清亮歌声依旧像从前那样，没过几天就会在山谷里回荡。"她嫁到远处的大队，已是人家的媳妇，不可能在这里唱歌。"心里虽然知道，但每次听到这歌声，脑海里总会蹦出"秀仁"这个名字。直到第二年的秋天，才从这样的状况里走了出来。

她比我大两岁，我却从来没有叫过她一声"姐姐！"她人好，长得也好，不论别的，只论歌声，完全可以给我当姐姐。所以，在这里我毫不隐瞒地告诉大家，我为此又哭了一次。

《金手镯》的歌声依然回荡着。既然不是秀仁在唱，那应该就是另一个姑娘吧！

我当时为了找到那个唱歌的人，几乎猜遍了山谷两侧的两个大队与我年龄相仿的所有姑娘，可实在是找不到呀。于是，也顾不得害臊，就向同龄的伙伴们直接打听起来。刚开始，他们拿我打趣开心，后来也问东问西地悄悄帮我打听着。没过多久，他们好像也没有得到任何线索，便向我泼起冷水，说："别找了。远处的歌声让人觉得无处不美。仅凭从远处听到的歌声，谁能断定歌者是谁呀。山谷里唱歌有回声才好听，要是在屋里，谁唱都一样。"还有人故意逗我，说："不一定是女孩子吧？"接着话茬，又有人说："不一定是人吧？"大家说说笑笑，纷纷散开了。

我后来踏上了求学之路。随着心智成熟，自然变得理性起来，可依旧走不出那曾经的美好错觉。虽然知道家乡的女孩子个个都是歌手，谁都可以在野外唱歌，在心里却一直找寻——既然不是秀仁，应该就是另一个姑娘。

我发现了民间故事和民歌当中经常出现金手镯和银手镯的故事，由此展开了赏析研究。这对我来说，可谓是一种成长，一次飞跃。孝顺的孩子为报答父母恩情，建好漂亮的水晶宫殿请他们去住。两位老人心怀疑虑不敢进去。这时，他们的儿子将一对手镯扔了进去。一只手镯顺时针方向旋转着落地，另一只逆时针方向旋转着落地。两位老人这才信以为真，走进了那座漂亮的水晶宫殿。以这样的桥段结尾的民间故事有很多。

《蔚蓝色的杭盖》

　　"要认真学习……看人家把这校园、教学楼、宿舍准备得多漂亮。"四年前，我侄子考上了大学，弟弟和弟媳妇送他来上学的时候这样说。其实，这句话是说给孩子听的。

　　我们学校的条件和环境是越来越好了。就拿楼房建筑来说吧，每一座都是一件漂亮的艺术品啊。还有那整洁的教室、干净的走廊……过去只有在传说故事里才会出现吧。古时候的人们太有想象力了，竟然把现在的这些漂亮的宫殿都写进了传说当中。我真是越想越好奇，越想越自豪呀。

　　几个月之前，侄子毕业后离校了。

　　学校现在正放七天长假。校园一下子变得非常空阔，偶尔才会出现一两个人影。楼里也出奇地安静，因为没人，教室、走廊、阳台忽然之间敞亮得不得了，显得更加整洁干净。我来到办公室，坐在桌前悠闲地看着手机，翻着电脑。

　　不知从哪儿传来了温暖而熟悉的歌声：

北方翠绿的林海

波澜起伏挂白云

富饶安详的杭盖

野果成熟任你采

清晨唱出的歌声

整天在林中回荡

云雾缭绕似仙境

蔚蓝色的杭盖哟……

"秀仁！"我把手机放在桌上就站起来了。

亲爱的读者，非常抱歉！这个秀仁并不是六十年前的那个"不论别的，只论歌声，完全可以给我当姐姐"的秀仁，而是我侄孙辈的一个女大学生。去年，老师和学生们纷纷跑来告诉我，说："从您的家乡来了个唱歌好听的姑娘，叫秀仁。""怎么又叫秀仁？是哪一个？"我问了一嘴，也就过去了。但是，几个月之前，有两个黄头发的女孩儿来到了我的办公室。当时的情景是，一个搀扶着另一个，一个笑着另一个哭着，走进来后说："老师，脑骨受震了，请您想想办法吧。"现在的孩子也不知怎么了，动不动就脑骨受震，上我这儿来的，每年至少要增加一到两个。打球的时候，被球拍着了，脑骨受震；洗澡的时候，滑了一跤撞在墙上了，脑骨受震；从下铺猛地起身，脑袋碰到了上铺，脑骨受震……稍微动一下几乎就能把小脑袋给震到。我们小时候，即使从马背上、驼背上摔下来，从大树上、山崖上掉下来也没有脑骨受震过。站在我眼前的这个白净的小姑娘，当时又蹦又跳地玩着说唱，随着一声"Stop！"没有停稳崴到了脚后跟，就把脑骨给震到了。真是不可思议。我帮着处理了一下，嘱咐她回去后要多加注意，再问她叫什么名字，这才知道她就是那个唱歌好听的"秀仁"。于是，又问她："你唱什么歌？"她说《蔚蓝色的杭盖》。真是太巧了，多年之后，我又遇到了一位叫"秀仁"的歌手！一时间竟然不知该说点什么，随便说了句："你唱流行歌曲不如唱民歌。"把她打发走了。

四天之后，那个愁眉苦脸的小姑娘，阳光般地笑着又来了："老师，给您唱首《蔚蓝色的杭盖》，表达我的感谢之意。"她有一副天生的好嗓子，嗓音清亮，歌声优美。她模仿着四位歌手的四种风格，将这首歌唱了一遍，仿佛是在告诉我，她喜欢唱流行歌曲。

这首《蔚蓝色的杭盖》是诗人巴·拉布哈苏荣的作品，由策·庆照日格谱曲之后，成为深受大家喜欢的一首歌曲。我听过许多不同的版本，每个歌手的演唱风格不一样，但每个版本都优美动听。如今，回荡在这楼里的歌声，又有着另一种独特的风格。刚开始听的时候，歌声好像很自由随意，再仔细去听，又仿佛是在跟着伴奏带在唱。"是不是来自我家乡的女大学生秀仁？"我更加投入地去听，小时候的蔚蓝色山林忽然闪进我脑海，刹那间又被这歌声所代替。"到底是不是秀仁？"再次侧耳倾听，仿佛跟之前又有所不同：既像是男女声二重唱，又像是三人小合唱，忽远又忽近，温柔又嘹亮，越听越奇妙，甚至都分不清有没有伴奏。

"肯定是我家乡的女大学生秀仁！"

这歌声仿佛有一种磁力，深深吸引着我的内心。为了听得更近、更清晰，我不由自主地随着歌声走出办公室，来到了走廊。

　　走廊宽敞又干净，保洁员正在吹干洗刷好的如浅黄色瓷器一样的地板。从教室的高窗和宽敞的门框射进来的阳光虽然特别晃眼，却让人觉得非常温暖。"你好！"保洁员跟我打招呼。"好。"我一边回应着，一边用耳朵寻找着歌声的来源。好像是从二楼传来的，于是上了二楼。又好像是在三楼，于是，又到了三楼。又好像是四楼、五楼……

　　学校虽然放了长假，但呼伦贝尔、兴安、通辽、阿勒泰、博尔塔拉、伊犁等地的学生，因为路途遥远未能回家的还是占多数。那就是有人想家了，才会在这寂静的环境里听这首美好的歌曲吧。秀仁应该早就回家了，我的家乡离学校最近，她不可能留在校园。我越是这样想，越想找到究竟是谁在播放（唱）这首好听的歌。然而，这座大楼有这么多房间，到底来自哪一间却成了我的难题。转而，脑子里又闪进了一个可怕的念头——秀仁的脑骨受震是不是没有痊愈，是不是病情加重没能回家，是不是疼得厉害才听歌打发时间……

　　我决定先上到顶层八楼之后，再一层一层地往下找。为了不错过每一个楼层，决定不乘电梯而是走步梯。可是越往上走，越觉得歌声是从下面传来的。爬到七楼之后，又不得不跟着歌声从另一侧的步梯往下走。

　　来到一楼，依旧没有任何收获。歌声又好像来自上面……

　　无奈之下，我问保洁员："这歌声是从哪儿传来的？"她说："一个女孩子刚才在二楼的楼道里从手机上听来着。"我又问："她长得啥样？"保洁员看了我一眼，说："脸色黝黑的高个子女孩儿！"然后扭着胯骨进屋了。看来不是秀仁，我总算放心了。

现在回想起来非常后悔，而且是无比后悔——为什么没有从网上搜过这首歌，为什么没有把它存在手机里。这种感觉就好比是，多少年之后突然怀念小时候最爱吃的那一顿饭，却怎么也吃不着一样难受。这就是深埋在骨子里的文化，让人永生难忘！

我回到刚才未来得及关门就离开的办公室。那歌声比起我在楼道里寻找时，还要清晰，更令我感到欣慰。

听嗓音好像是巴尔虎、布里亚特的歌手；听口音又像是喀尔喀或德都蒙古的年轻人。反正是家乡在远处的有一副好嗓子的年轻歌手在唱。"播放者"循环放着这首歌。看来，听到好听的歌，谁都愿意一听再听。对今天的听者和播放者来说尤其如此！每当一个人思念起月亮般遥远的家乡，就会听这首歌，而且是越听越激动，越听越想听，比起在家乡，歌声变得更加优美动听。人真是奇怪，总是等到离开之后，才会恍然明白家乡的美好，才懂得去珍惜！往往都是不珍惜所拥有的一切，直到离开了、失去了，才又哭又闹地去歌唱、赞美。就像现在的我一样，为了弥补、为了拥有，跑上跑下，洋相百出。

在这用钢筋水泥所建筑的门窗锃亮的大楼里，依旧飘荡着《蔚蓝色的杭盖》的优美歌声。我又一次激动地起身来到了楼道。歌声却戛然而止，就在那一瞬，我真是又惊又悔，心里空落无比！敲开保洁员的房门，问她："那个女孩儿从哪个房间出来的？"她用怪异的眼神看着我，说："不知道。""她放的那首歌，是一个人唱的，还是好几个人一起唱的？"我又问她。"当然是一个人。"她依旧怪怪地看着我，戴上了口罩，肯定是觉得我有些不正常吧。

我俩的一问一答虽然就此打住，我却并没有放弃寻找。"秀仁不一定非得回家，也许留在学校了。"这样想着，我真像个神经病一样，又跑上跑下，将这座大楼搜了一遍。

　　依然如故，毫无结果。我开始责怪自己。明明是独唱，为何听成是合唱？明明知道不是秀仁，为何偏偏联想是她？强烈的心理活动真的会影响一个人的理性思维？如果是，我现在这个状态，就是最真实的例子。那么，类似的例子在我身上不止一次地发生过。小时候在夏营盘的牧场放牧，为了找到那听了好几年的美好歌声的主人，我找啊找，还发动伙伴们一起去找，却没有得到任何消息。后来，伙伴们安慰我，说："别找了……山谷里唱歌有回声才好听！要是在屋里，谁唱都一样！"我现在忽然被"谁唱都一样"这句话所触动，由此想到了那个在蔚蓝色的杭盖唱歌的姑娘不只是一个人，应该是好几个人，就像我今天在这里明明听到了一个人的歌声，却偏偏认为是好几个人在唱！身处蔚蓝色的杭盖被《金手镯》所绊；来到大楼之中，却在《蔚蓝色的杭盖》里迷路了。真是一场痛并幸福的错觉啊！

　　晚上回到教职员工的宿舍，躺在床上一直在想为什么会产生这种错觉。这时，《蔚蓝色的杭盖》的优美旋律又一次在楼道里响起！我连忙起身推门出来，空无一人，寂静如初。吊在楼顶上方的一盏盏白炽灯倾洒着乳白色的光亮。地板上长长地铺着一条镶有黄边的红地毯。楼道两侧排列着一扇扇房门。多么盼望刚才的歌声从某一扇房门再次传出来啊。地毯很厚，我走在上面来回踱步，没有脚步声，更没有音乐声。真是又添了一份雾中看山的美妙错觉。于是，回到房间，又躺下了，但是心里却很骄傲：虽然又产生了小错觉，主题却没有跑偏。原来，任何力量都不会磨损，这就是我们从儿时就已形成的，被一代又一代所传承下来的文化思维。用现在的话来说，那就是爱的力量！我深爱着我们的歌与歌手，深爱着我们的祖先与孩子，而且更加深深地爱着我的这份"深爱"。所以，在充满大爱的森林，充满大义的宫殿，理性思维就算有那么一点错位也是正常的。

第二天早晨八点钟醒来，觉得没有睡够。"这是怎么回事？"翻身时摸到了枕旁的手机，手机快没电了，原来没有关机就睡着了。我摁了下手机，立刻就听见了道力格尔玛唱的《蔚蓝色的杭盖》。惊讶之余忽地坐了起来，我原来是听了一宿昨天让我找了一天的歌呀！又急忙看了眼下一首是什么歌，是秀仁其梅格的《金手镯》。

于是拖鞋都顾不得穿，光着脚就去给手机充电。

原载《花的原野》2022 年第 1 期

译于 2022 年

面朝黄土

吉格镫旺扎拉　著

那仁其木格　译

吉格镫旺扎拉

生于1964年，内蒙古作家协会会员。出版多部文学作品。部分作品被选入到《鄂尔多斯当代诗歌选》《当代蒙古族作家优秀诗歌散文选》《当代蒙古族青年诗人诗选》《优秀蒙古文文学作品翻译出版工程》等文学专辑中。曾获内蒙古自治区文学创作"索龙嘎"奖。

那仁其木格

1973年9月生于鄂尔多斯市杭锦旗，蒙古族，就职于内蒙古日报社，高级编辑，内蒙古翻译家协会会员、第五届理事。翻译作品散见于《民族文学》《草原》《小说月报》《世界文学译丛》等杂志。

我们家的水井是父亲当年为了迎娶母亲盖房的时候挖的，井子大概有五六庹①深，离我们家有一段距离。他先是挖出水井，请邻乡朋友帮着架上辘轳，又在田里挖出沟渠，在水渠两旁砌一些方块池子，给池边开出豁口，把水流引进玉米地。父亲用鼠李木树枝围挡井边，防止井底塌陷。水井旁边放了给羊群饮水用的木槽，是我们孩童时期最喜欢玩耍的地方。

　　一天，阿爸找来两只小铁桶，教我挑水。我的个子还不够高，刚开始要把扁担两边的铁链在扁担头缠两圈儿。我吃力地挑起水桶，颤巍巍地迈开步子，努力保持扁担不摇晃。挑水对当时的我来说太难了！我的肩膀被又硬又重的扁担压得生疼，没办法直起身子走路，短短二百米的距离要歇好几次，才能勉强到家。等到了家，两只水桶里的水差不多只剩下一桶了。我在家里排行老大，所以要负责每天挑水，挑着我的小铁桶来回跑几趟，才能把水缸装满。有一次我挑水回来刚刚迈进家门，就发现被拴在火

---

① 庹：一庹约合五尺。

盆腿上的最小的妹妹正哇哇大哭，原来她拉裤兜了，我赶紧用木刀子学着爸爸的样子为她清理。父母都在农场参加集体劳动，只有我们几个孩子留在家里，就是这般光景。我上学之后，弟弟妹妹们也相继学会了挑水，每天轮流挑水将水缸装满，直到兄弟姐妹几个陆续踏上求学之路。后来，也许是嫌水井太远，挑水麻烦，阿爸在近处重新打了一口新水井，就在家院墙外。我们不用再拿扁担挑水了，直接提着两个水桶，来回几趟就把屋里的水缸装满了。阿爸把为参加那达慕大会比赛驯好的走马牵到新水井上饮水，然后拴在马桩上。再后来，马都不需要饮水了，因为不再需要骑马了。走马慢慢衰老，阿爸把它卖给了一个认识的牲畜贩子。现在，饮用水能通过管子直接流进屋里的水缸了。起初，阿爸在水井旁边的洼地开出三五分玉米地，偷偷种着，用井水浇灌。到了夏末玉米成熟了，就挑出一些好的掰下来，煮熟了给我们吃。后来允许自有牲畜和耕地，阿爸将玉米地从五分增加到五亩，每次都亲自去浇水。我长高了之后，可以把扁担两头的铁链子全都放下来，挑着扁担也能走得很稳，几乎不会把铁桶里的水洒出来。于是，阿爸又开始教我转动把手旋转辘轳打水，告诉我怎样才能节省力气。自那以后，只要我在家，阿爸就不用再碰辘轳把了。

把铁链子插进铝质管子，每隔几十条铁链安装一个橡胶薄片，再将铁链子缠绕在带有齿轮的钢圈上，握着把手转动时铁链子就会开始转动，井水就会被压入铝管，这时辘轳把手开始变得沉重，转动起来也越来越费劲。转动辘轳抽出来的水，经过修好的水道流入玉米地。我转动辘轳把手一起一落时，时常盼望井水尽快干涸。不久之后，水井竟然真的被我抽干了。阿爸不乐意了，他又挖了一口大水井，并在两口井中间通出一条水渠，又扩大了玉米地。我以为继续不停地转动把手，就能够把井水抽干，可直到水井北面的那些柳树枝上耀眼的阳光西移到柳树后面，井水仍源源不断地沿着水井边缘流出，像顺着我脸颊流下的汗水一样。偶尔阿爸会从我手中夺过辘轳把手，用力转动，我则赶紧到玉米田，给壕沟挖开口子，引开水流，才得空擦擦汗，心里不由自主地想，要是能够经常这样歇一歇该多好啊！从敞开的大井口向下看，能看到布满绿色水藻的井底。如果只看到井底的青蛙茫然地盯着辘轳，无处躲藏，那就表明井水很快就要被抽干了，这时水管的水流会变细，辘轳转起来越来越轻。终于看到井底黑褐色的淤泥了，我们在夜幕即将降临之时结束了玉米地的浇灌。后来，阿爸在水井周围一点儿一点儿种起沙柳、柳树阻挡风沙，等到我初中毕业到旗里上高中的时候，水井周围已经变得郁郁葱葱，那些大口井都被遮挡住了。再后来，自来水直接通到了屋里，辘轳井再无用武之地，玉米地也渐渐荒了，长满了杂草。就像田禾的诗歌里描写的"瓦罐的水，与其说是锄地的人，喝掉了，不如说是太阳蒸发了"，被淹没在树丛里的大口井的水，在太阳的炙烤下慢慢蒸发，渗入柳树、野草的根系，被春天的风沙掩埋，日渐荒废、枯竭了。

在建小面积水浇地的基础上，阿爸另选一块地，新挖了一个水渠井，取代了之前的大口井，成为我家主要的灌溉水源。阿爸继续在水井周围种树种草，种了十几亩的玉米地，那年春天玉米长到了一拃高呢。

头一年的冬天，阿爸说："草场和牲畜都归个人承包了，以前你浇的那一小片玉米地的一些收成，我们不是都煮来充当伙食了吗？如果以后想在咱们家这片巴掌大的草场上放牧，就要再开垦一些新耕地种植饲草才可以！"然后阿爸带着我去看地形，将水沟应该在哪里挖、开地平整应该选在哪一块——指给我看。第二年刚过正月初七，我们就天天把黑毛驴套进勒勒车，拉着牛羊驴马等牲畜的粪便去新开出的地里施肥，我也在一旁帮阿爸干一些挖水渠、平整玉米地的活儿。那时已经开始用畜力抽水了，水管变粗了，铁链子也更重了。我赶着黑毛驴，它的眼睛被蒙着，只能围着辘轳转圈儿。如果还是靠像羊肠似的蜿蜒延伸的水渠里的水流，可能会累趴下吧。

　　阿爸给玉米地浇水的当口，我拎起放在玉米地边上的水壶，嘴对着嘴，仰起头大口喝了起来。那个旧军用水壶有好几处已经掉了漆，显露出锈红的底色来，像阿爸的脸。它一直在地头被太阳烤着，里面的茶水已变得温热了。喝完茶水我跳进水渠里，挥起铁锹挖出里面的泥沙。由于缺水，周围的植被都枯黄了，玉米地要是不及时浇水，也会枯死的。虽然抽水方便了，但水沟里的水还是有限的，如遇到干旱天气，井水很容易就见底。常常是地还没浇到一半，井就干了。我挖出溜进井底的细沙，阿妈负责将挖出的沙土再移到远处。阿妈白色的头巾随风飘动着，有几缕头发垂了下来。阿妈那年才三十出头，头发却很稀薄，而且已经有了白发，看了令人鼻头发酸。上小学的时候，每次我回到家，阿妈就会带着我坐在门口的向阳处，帮我抓虱子，有时候我也帮阿妈抓。每年春天阿妈在羊圈里忙忙碌碌，口中还哼唱劝奶歌让母羊给刚刚产下的小羊羔哺乳。这会儿阿妈本来应该赶着羊群在草滩上放牧才对，却挥舞铁锹，干起男人们干的粗活儿了。我的嘴里已经开始有血腥味儿了，挖井、铲土的过程艰辛而漫长，我感觉每次从井底抛出满满一锹泥沙，都要耗费很大的气力……

我上大学的四年时间，家里一直靠毛驴拉着辘轳从水沟里抽水，后来才换成柴油机。阿爸似乎担心操作不好柴油机出意外，每次都要雇个人来帮忙。农忙时节雇不到人的时候，又不得不给黑毛驴套上辘轳浇玉米地。放暑假我都会赶回来帮着用柴油机给玉米地浇水。水沟里的水见底了，就要跳进去挖开泥沙。不知道是不是因为井打在了水源不好的地方，即使淘出井底的泥沙，再往四周深挖一些，也要等到第二天下午才能看到井底有存水。

我把摇把的头儿插进柴油机侧边的一个小孔里，先是慢慢转动摇把，然后越转越快，最后猛地松开柴油机前面的一个开关，柴油机就会冒着黑烟发动起来。等冒烟变得均匀、发动机的轰鸣声变得平稳时，拿起木棍把硬皮革制成的皮带套进柴油机大转轮中间的小转轮上，就会带动抽水机，没一会儿井水就会从黑色橡胶粗管里喷涌而出。柴油机功率有十几个马力，抽上来的水流很急，我和阿爸手忙脚乱地分流水道，再挖开一块块长方形沟渠口子，把水流引进玉米地里去。急速冲撞的水柱经常会把田里的沟渠边缘冲破。放牧回来的阿妈见状也马上挽起裤脚、脱下鞋帮忙修整沟渠了。她就是闲不住，总是跟着阿爸干一些粗活。本来要干一辈子的活儿，她不到五十岁都干完了，长年的操劳使她过早地离开了我们。

到了开学的日子，我只能抛开柴油机和玉米地重返学校，留下阿爸阿妈两个人在田间牧场忙碌。一到夏天玉米秆长得比阿妈还高，吐出红色的穗子。阿妈说不把尖头掐掉玉米就长不好，得把穗子正中的一绺摘下来。入秋之后，玉米地更需要经常浇水。阿爸自己不会发动柴油机，照例雇上一个帮工一起浇水，阿妈则帮忙修整被冲破的沟渠。

水沟看起来长长的，可是频繁地用柴油机抽，水还是会被抽干，阿爸又得想新法子了。有一天，阿爸请来几个技术员，在玉米地的北边、旧水沟的西边又开始打多管井。新打的水井虽然不像以前用柴油机就能抽出喷涌的水流，但有涓涓细流不断流出。大学毕业后，我到盟里的一个机关上班，而阿爸阿妈依然在玉米地里忙碌着，每次还得求人发动柴油机才能浇地。开始实行圈养牲畜后，每年开春头三个月要把羊群圈起来喂养，玉米和玉米秸秆都得用来喂养牲畜。我们家那片玉米地的收成满足不了自家的羊群。后来我托了在旗里工作的一个朋友打了一口深水井，所幸这个电水井的水量很足。有了足够的水源，阿爸热情高涨。他从积蓄中拿出一部分钱给我们家拉上了高压电线，给深水井安装了电力抽水泵，又雇人把水井往南的一片比原来的玉米地大七八倍的地用推土机铲平，准备种上更多的玉米。我也做好了一直帮家里干农活儿的准备，但是有一天早上，阿爸突然跟我说："人有路，车有辙，什么事儿都得有个规矩。现在柴油机也用不上了，按个开关就能给水泵通电抽水。这些活儿我一个人能干下来，你就好好去上班吧！"……再后来单位忙起来，我也不能三天两头儿跑回老家帮忙了。阿妈去世之后的二十几年，阿爸一直坚持雇人一起种地，我们抽空回去帮忙。但是去年阿爸突然病倒了，住进了盟里的中心医院，再也种不了地了。爱人下了班就去送饭照顾，我向单位请了假，赶回乡下开始忙活春耕。雇人是要花工钱的，春耕农忙时节就算是愿意出工钱，也不容易找到帮手，于是，弟弟妹妹们也都尽量赶过来帮忙。我们把羊粪拉到地里，一锹一锹抛开撒匀，还要撒一些化肥，然后用专门的机器将买回来的玉米种子播到地里。我不仅干田里的活儿，还得负责大家的伙食。玉米地面积扩大了，家里人手又不足，如果单靠人力整地、施肥、修渠，整个春天都干不完。要是用小型拖拉机，后面拖着平整土地的装置、挖渠的设备，两天就能完成。即使有拖拉机，发动机器时阿爸还需要叫人帮忙，每次雇人、供工人伙食也是一笔不小的开支，每次我回去，阿爸都会心疼地跟我念叨。我又去求旗里的熟人帮忙，终于在一年冬天，在自家地里安装了有二三十个喷头的喷灌设备。这个设备给阿爸带来了很大的方便，省去给工人做饭的活计不说，也可以根据天气情况，按照需要随时打开电源开关和喷灌水阀，控制浇水。办法都是人想出来的，后来又出现了更加先进的方法：在田里密集地埋下滴灌管道。那年开春，我怕错过播种玉米的最佳时机，没来得及在玉米地里埋下管道，而是沿用已有的喷灌装置。我种好玉米，浇完水，把照看玉米地、给牛羊投喂草料的任务托付给弟弟，就急忙赶回盟里上班了。妻子陪着阿爸办完出院手续，接他到家里休养。在家里休养了两个多月之后，阿爸的手脚能灵活活动了，身体也恢复得很好。他天天询问家里的情况，着急赶回去。他嫌城里的厕所臭，街上人来人往，天是灰蒙蒙的，我知道他是待不住了，于是趁着一个周末，把他送回乡下了。

　　长时间没有主人照看，家里家外都是一片颓败。我一到家就直奔玉米地，只见到杂草丛生的景象，玉米秧也有很多枯死了。我见状直接开车去旗里的农资商店买了除草剂和四十袋化肥，又雇了一辆农用车和一个工人，让他把东西运到家里。我又找居住在邻近旗的弟弟，带上喷洒除草剂的机器、播撒化肥的设备，回到田里一起忙活了整整两天，才把除草剂和化肥撒完。过去，阿爸都是从头一年收的玉米里挑出一些个头大、颗粒饱满的棒子，几穗串在一起挂在屋檐晾干，当作来年的种子。可现在都是从种子化肥商人那里买种子，倒是有不同品种和价格的可供选择，还有各种除草剂、杀虫剂、化肥等，但买来的种子种出来的玉米不能当种子，种下去第二年也不会长出来。地里用着效力越来越强的除草剂、增产效率更高的化肥，长出来的玉米，谁也不敢吃了，只用作牛羊的饲料。吃这种玉米喂养出来的牛羊肉真的没问题吗？却没人去深究了。

那一年，因为父亲的身体还没完全恢复，我厚着脸皮跟领导请假，三天两头儿往乡下跑，从开春到夏天，再到秋收时节，一整年都在侍弄家里的玉米地。十一假期又跑回去秋收，把玉米从地里收回来，再把玉米秸秆也收割完。如果是自己干，这些活儿估计两个月也干不完。我是找人帮忙用机器掰下玉米、收割秸秆，再把玉米运到打谷场，把秸秆也拉进院子里的。等到入冬后的一个周末，我又回去一趟，找来脱粒机给玉米脱粒，给自家的牛羊留下足够的饲料，其余的都卖掉了。最后一盘算，除去在农用机械和工人人工上花的成本、给来帮忙的兄弟朋友的辛苦费，这一年辛苦换来的玉米收成，也只够自家牛羊的饲料，再没有其他的盈余了。这还没算上我在开喷灌设备的时候，春天被喷灌水弄湿了十三回，夏天被淋了十八回，秋天又被泡十五回；没算上为了买种子、化肥、杀虫剂等不知往旗里跑了多少趟。如果把这些都算进去，我还倒贴了呢！阿爸也为了喷灌设备、玉米地的收成付出那么多辛劳和奔波，还病倒了，这些更是无法一一细算的。

从收购玉米的人手里接过三万块钱时，我的手不由自主地颤抖。也是在那个瞬间，我突然意识到，从开春种地，这一年我似乎就没有仰头看过天空是什么颜色的。那一天，晴空万里，是入冬变天之后少有的好天气。春天，庄稼人一旦开始到田里忙碌，也就开启了面朝黄土的日子。

听阿爸说，我们家是在他爷爷那一代从长城北边迁到这里的。升入高中的那一年暑假，我帮着阿爸阿妈将承包的草场分成几块，拉起铁丝网围了起来，牛羊可以在不同的草场轮流放牧。牲畜其实也跟人一样，没有了自由活动的空间，不能到远处的草场，长年只在限定的网围栏里活动之后，蹄脚胀痛，失去了往日的生气，似乎也失去了仰望天空的兴致。等一块草场的牧草变得稀疏时，它们就想找牧草茂盛的地方，从铁丝网里探出头向外张望。

阿爸让我退休之后回到乡下，照料牲畜和家里，把地种好。每次我都满口答应。到了那个时候，我在田间地头忙碌会是什么光景？放牧的生活又将会是什么模样呢？到那时候，我一定要腾出空，仰望天空。我设想自己备好播种、运送肥料、堆放饲草的各种农机设备，农业机械化了，庄稼人才能时不时仰望一下天空。各家只管着自己的农田和草场太劳累，最好能把田地和牧场都整合在一起，更多地借助机器……那样草原上的人们才会有闲暇望望天、拉拉家常……

原载《花的原野》2021 年第 8 期

译于 2022 年

明天我去驻村

查干路思 著

白龙　红英 译

白龙

笔名查干路思，蒙古族，1972年生。中国作家协会会员。内蒙古兴安盟翻译家协会主席、作家协会副主席。著有《科尔沁记忆》等六部著作。翻译著作有《我的科尔沁》等四部。散文集《科尔沁记忆》获得内蒙古自治区精神文明"五个一工程"优秀图书奖。散文集《科尔沁记忆》和翻译作品集《我的科尔沁》入选中国作家协会重点扶持项目。

红英

蒙古族，内蒙古自治区翻译家协会会员，内蒙古兴安盟翻译家协会副秘书长。在《民族文学》《科尔沁文学》《骏马》等刊物发表不同体裁的蒙译汉作品多部，长篇译作有《大漠苍穹》《大漠滔天》等。翻译的歌词《月光下》荣获"讴歌新时代"全区歌词翻译大赛三等奖，《洁白的云》获得"讴歌新时代"全区民歌翻译选拔大赛优秀奖。

一

明天就要去嘎查驻村帮扶。

背上笔记本电脑，拿上常用的词典，装好洗漱用品就要去村里蹲点了。我时常像个候鸟一样开春儿去，入冬了才回来。前年挨着村部东侧新建的简易板房是我的宿舍。板房里冬寒夏暑，冷的时候冰寒刺骨，热的时候暑气熏蒸。然而最令我忧心的是一日三餐，午餐可以在村部解决，早晚饭却要自己想办法。租房吧？太贵，想填饱肚子只得去镇里小吃摊。

驻村三年后我才开始领悟，原来生活最寻常的样子——早晚接送孩子，一家三口一起吃顿饭，和爱人逛早市夜市买新鲜果蔬，周日煮好奶茶后看自己喜爱的电视节目……这些很平常的事，才是生命里最珍贵的幸福。我不在家的那些时日里娘儿俩是怎样度过的呢？女儿第一次离家住校，还没适应；爱人刚拿的驾照，手生没跑过远路；她们两个又十分惧怕打雷和闪电……每每想到这些都使我无比牵挂。

以种植水稻为主业的水田村有七百多户，家家院子里都盖有育苗大棚。大棚里绿毯一样的禾苗需要每天喷洒一次水，等长到四寸左右，就会被拉到地里插秧。农民那种巨大的承受力、无声无息的创造力让我折服。有些人说现在种地都机械化了，不费力气了。你且叫他干一天试试，看他是不是还觉得容易？要想深刻领会"农民"二字，你需要用坚忍的心、用一身力气、用吞纳万物的胸襟，去同他们一起征服黑土地，除此别无捷径。

蒙古族村落的春天总有别样的美！燕子齐飞衔泥筑巢；人们起早忙于耕种；车马欢腾，万物复苏，一片欣欣向荣。积雪融化，烟柳娉婷，远处的稻田隐入氤氲地气，使人想起遥远的爱恋……春天是爱的季节，是暖暖忆起童年的季节。望着眼前方方正正的稻田，我不禁想起了初学三角形、四边形的懵懂岁月；想起了跟着父母去森沟给谷子除草，长日里挥汗劳作，时常翘首以盼，眺望垄头的心情；想起了有一种长得很像谷苗儿的杂草，我总也分不清，父母耐心地教我区分，我小心翼翼的还是错拔了庄稼留下了杂草的往事。

每天早上我会清扫村部的院子。在芬芳的新鲜空气里舒展筋骨，长夜伏案酸胀的头脑随之得以放松。我坚持把村部的院子扫得干干净净，还找来生石灰撒到公厕，使卫生状况有了彻底改观，真可谓是一场"厕所革命"。之后我再收拾自己的住所。扫掉夜里拍死的苍蝇、熏死的蚊子，拖地、燃香、开窗、通风一气呵成。过了不惑之年的我已经远离了愤懑的情绪，万事都学会了从旁观者的角度去审视，甚至开始宽恕这些日夜滋扰我的蝇虫，感谢在夜间写作时它们对我的冲撞，避免我一个姿势写到深夜，乏味了词句，累酸了腰身。

忙完了这些我就去洗漱，烧水。一杯红茶、一张糖饼就是我的早餐。等镇里和村委的同事陆续赶来，一天的工作便拉开了序幕。有的要填表，有的补材料，有的统计数据，对这些都不太熟练的我会被分派去走村入户。村里总有忙不完的工作、说不完的新鲜事儿。那木吉勒家买牛了，吉日嘎拉养的猪出栏了，乌力吉进城检查身体去了，扎木苏到嘎查赊饲料来了……这是嘎查主任图布丹掌握的消息；萨日娜坐月子，乌力吉玛再婚，阿丽玛租掉自家田地出去打工，父亲守着空巢成了低保户……女支部书记额古乐唠叨着建档立卡。中午时分，有时大家会一起包饺子，正所谓"人多力量大"，说说笑笑间包好了饺子，难免要狼吞虎咽一番以解饥乏。

春末夏初是稻农一年中最繁忙的时候。成天与泥水打交道，寻常汉子都有些吃不消。每年这个时候他们都要翻整土地，捡拾杂物，施足底肥，灌水排水，插秧除草，过程中总免不了出现划伤手、扎伤脚的情况。因此去年我们单位联系几家药店向贫困户免费发放了装有外伤药、风寒药等常规药品的急救箱，受到了大家的热烈欢迎。

村部隔壁家姓刘，他们家取走禾苗以后，暖棚就空了出来。我重新翻地，栽了黄瓜、倭瓜、辣椒、茄子和西红柿。去年作为试点，带动十多个贫困户在空闲暖棚里栽种了黄瓜。入秋后黄瓜反季节上市卖了好价钱，每户增加了六七千元的收入。原先这些大棚起完苗都是闲放的，偶尔有两家种上黄豆，收成也只够自家做大酱。因此我暗下决心，要把全村人带动起来，与市里酱菜企业开展合作，把种植反季节蔬菜的事业做起来，提高村民的收入。

我给我的"试验田"浇水、除草、松土、培土、搭架子，时常忙到汗流浃背。每当这个时候总会想起陶渊明。

写田园生活，没有人能超过陶渊明。他的诗恬淡自然，醇厚隽永，高远拔俗，浑然天成。《读山海经·其一》中他写道：

············

欢言酌春酒，

摘我园中蔬。

微雨从东来，

好风与之俱。

泛览《周王传》，

流观《山海》图。

俯仰终宇宙，

不乐复何如？

汉赋太过华丽，唐诗甚是浪漫，宋词大多悲观。唯有陶渊明的诗，平淡而有意境，远离尘世的浑浊，永远散发着桃花的芬芳。他善于写风，风中包含着鸟语花香。

下雨天是驻村干部们的节日。村部没有电视，我喜欢躺在床上读书。读到分开已久的人们欢聚一堂，在壁炉旁烤着火，点着蜡烛，喝着热茶，热烈地谈论着什么。这种美妙的文章总会让人觉得时光如水，生活如梦。这让我想起小时候，傍晚一家人在院子中央，围坐在石桌旁吃饭的情景。大多时候是小米水饭或者大碴粥，菜肴只有生菜蘸酱。真不知怎么会那么好吃，每次吃了好几碗还觉得没吃够。饭后让母亲休息，老妹收桌子、洗碗、烧水，我们哥儿四个出去喂牛羊，抱柴火烧炕，煮猪食。八点之前一起上炕，喝着茶水，从收音机里收听说书大师布仁巴雅尔的《龙虎两山》。

去年冬天回家乡，还专门去找了那方"石桌"，结果无功而返。父亲当年栽种的各种果树，也只剩了两棵文冠果树。时光难返，童年的回忆无比珍贵。它有着彩虹的色彩、糖果的甜蜜，因此时常让我像一只蜜蜂围着记忆的花瓣翩翩飞舞。

二

明天就要去驻村了。

带上换洗的衣服，揣上记事的本子，装上从早市买的菜苗，备上时常用到的药品，回我派驻的村庄。我要像迁徙的鸿雁飞向职责所在，虽位卑人微却愿为众生出发。要去看汗水怎样滋养了土地，勤劳如何化作稻米，青苗用什么力量破土，人情的冷暖因何流转。

这一次，我要为将扶贫物资分发到户而出发，为跟踪收益效益而出发，为督促良性发展而出发，为宣讲惠民政策而出发，为提醒人们饮水思源而出发。文化贫瘠，教育落后，人们思想观念保守，或许偶尔浇灭了热情，但也要求自己不忘初心，牢记使命，坚定信念，奋勇向前。

五月底，村里人就要忙着起苗装车为插秧做准备。插秧的时候是一年中最忙碌的时节，届时路上偶遇熟人都顾不得打招呼。大家为了不错过时令都住在田间的草棚里，一住就是两三个月。

待到仲夏水稻开始分权才能看到满脸风尘的村民陆续归来。此时他们黑瘦的脸庞虽写满倦意，却也隐隐透出繁忙之后的轻松，付出过后的安详以及对丰厚收获的期盼。

蒙古国著名作家色·额尔德尼曾在他的散文《故乡的风说了什么》中写道："人们总是有着忙不完的事务，也总怀揣着关于创造的憧憬和梦想，幸与不幸往往都源于此。"想到村里那些还没能实现的规划，我再一次感受到了热血在沸腾。村里有三家加工水稻的企业。其中魏佳米业的影响力在三省交会地的行业中都是首屈一指。年轻的企业掌舵者很有闯劲儿，曾骑着单车到过拉萨布达拉宫。他积极响应脱贫攻坚战的号召，吸纳了六位残疾人到企业，为他们解决了就业问题。他倡导的订单农业、有机水稻、绿色种植产业等带动了很多农户一起受益。有感于他的事迹，我曾用几周时间跟踪采访这位年轻的创业者，完成了一篇题为《浑身是泥的农民老总》的报告文学，并发表在区内外的多家报纸杂志上，收获了不错的反响。他也因骄人的业绩被评选为市级"带动致富先进个人"和区级"感动内蒙古十佳青年"，成为远近闻名的杰出青年典范。我和他无话不谈，经常交流想法。近期正策划着将村里三家企业拧成一股绳，成立水田村酿酒合资企业，利用稻糠和碎米酿酒。这样能把当地用来烧炕的稻糠和喂猪的碎米合理利用起来，酒酿成后酒糟可以养牛养猪，牛粪猪粪可以回归稻田做农家肥。最为重要的是还可以解决六七十人的就近就业问题。此事目前已经列入政府一事一议项目，顺利的话，年底就能开始融资。

畅想着稻酒芬芳，不意闯入了文学的殿堂。在村里读了木心讲解的文学史，有这么一段话说得有趣："好比一瓶酒。希腊是酿酒者，罗马是酿酒者，酒瓶盖是盖好的。故中世纪是酒窖的黑暗，千余年后开瓶，酒味醇厚。中国文化的酒瓶盖到了唐朝就掉落了，酒气到明清散光。'五四'再把酒倒光，掺进西方的白水，加酒精。"①

中世纪波斯诗人哈菲兹时常咏叹春天、鲜花、美酒和爱情。传说他的墓碑上刻着一首诗：

拿酒来

酒染我的长袍

我因爱而醉

人却称我为智者……

酒真该这样写啊，一定要带一点豪迈的气概。夏天落雨时节，在乡村里聊着年景收成饮酒，仿佛酒杯里斟满了人生。我突然心血来潮向嘎查主任图布丹提议："听雨惆怅，怎比得上高歌长吟？稻香美酒，何不酣醉一场？"结果第二天宿醉难醒，头痛烧心只想回家。想起了小米水饭就咸菜的清淡甜美；想起了羊肉大糙粥的厚味可口；当想到家中冰箱里初春冻藏的野菜哈拉盖②，此时正可做一顿美味的疙瘩汤时，想家之情更是难以言喻。也不知我的爱人和女儿吃着什么，不太会做饭的她们是不是成天只喝着奶茶啃面包呢？

① 摘自《木心回忆录》第244页，广西师范大学出版社2013年版。

② 哈拉盖：蒙文音译，荨麻。

三

明天要去驻村了。

村里有忙不完的工作，跑不完的项目，填不完的表格，统计不完的数据，既要运筹帷幄，也要冲锋陷阵。接到"遵照执行"的命令我们就亦步亦趋地完成；收到"限期整改"的通知就要马上推翻重来。驻村办抽查，纪检委暗访，组织部联合检查，扶贫办岗位督察。联合督查、明察暗访连续不断，互检、联检、交流巡查，特别抽检纷至沓来。重点户要天天去，帮扶户要时时看。亲眼看到贫困户的生活好起来了，生病的人有了医疗保险，贫困的孩子有上学保障，时常暖在心里。

想起小时候唱的童谣：

走一走，到处友；
串一串，亲更亲。
大街小巷转一转，
百家门里百餐饭；
大寺小庙拜一拜，
大事小情都无憾。

现如今我真应了这首童谣，进百家门，串万家巷，三餐不继，四时无着，还经常到处碰壁。有些贫困户不能理解帮扶的意图，开口闭口嫌我们麻烦。这个埋怨扶贫的牛生病了，让买药；那个责怪救济的猪没食了，让送饲料。每当这个时候我才能更深刻地理解"扶贫先扶志，扶贫必扶智"的深刻含义。

"像你这种书呆子去村里能干什么呢？"爱人曾这样问过我。我答："在村里你老公是个大能人儿哩。"其实对这个问题私下里我问过自己无数次，虽然人生在世常常事与愿违，但总要顶住压力向前迈进。因为你做的事情有意义，生命才能变得有意义。

五点半大家下了班都各自回家了。村部只剩下我，换上运动服出门跑步。路边的两行杨树枝繁叶茂，喜鹊叽叽喳喳在欢叫。近处的稻田郁郁葱葱，垄沟若隐若现，偶有白云倒映在水里，顺手取景拍摄分外美丽。如果有幸遇见穿着红色衣服的农妇在田间劳作，那会拍摄出更加出彩的摄影作品。她们大都与我相熟，每次遇见都催问照片有没有洗好。道路西侧是连片的池塘，那里常聚集一些钓鱼爱好者，有的甚至坐上浮台漂到池塘中央去垂钓。休闲的环境，亮丽的风景让人流连忘返。

一直跑到永安沼附近邂逅了一只布谷鸟。它的叫声十分入耳，我便停下来做起拉伸运动。回来的路上我通常会哼着歌曲散步，偶尔也会大声吼一嗓子，顿感浑身放松。仲夏时节，遇上雨过天晴的好天气，道旁的草滩上会寻见一些白色的蘑菇，叫"雷窝子"，我会小心捡拾起来，交给图布丹主任炸新鲜的蘑菇酱。

天色向晚，村部不会再有人拜访。我会沏上一杯酽茶，点上一根香烟，从容写作。如果无心写作我也不太勉强自己，会寻一本喜欢的书躺床上翻看。偶尔也会看入迷丢了觉，只好半夜起床点上安神香助眠。由于板房里没有网络，省却了许多刷手机的时间。接到出版社的一个国家级图书翻译项目，我用了一年多的闲暇时间，翻译出了中央党校金冲及教授的党史著作《生死关头——中国共产党的道路抉择》，从而觉得很有成就感。

文体局有个年轻的放映员每月会来一趟，因为除了我再难找到第二个观众，所以每次他来，我都会买些榨菜、香肠和啤酒，从三十部影片中选取最爱看的电影。我俩总是边看边品评。在驻村的四年中要说所受的艺术熏陶，恐怕除了图布丹主任酒后严重跑调的歌曲之外，就只有这每月放映一次的专场电影了。图布丹主任喜欢唱《思乡曲》，他会像一头狂奔的牤牛陡然间扯开嗓门，转而又低吟浅唱像要诉尽古老泛黄的故事，时而又像站在了无人的旷野任意挥洒，在低音处张扬，在高音处滑翔。一首悠扬的《思乡曲》倒也被五音不全的图布丹主任演绎得荡气回肠。然而一旦听到《思乡曲》的旋律，我就会无法抑制地思念我的母亲，因为这是幼年时母亲教给我的歌啊。图布丹主任唱够了、喝醉了便鼾声如雷睡得酣畅。我却想念起家乡恨不能痛哭长歌以慰乡愁。跟着母亲捡拾牛粪的后山岗，采撷蘑菇的翠山林不停在脑海中闪现。雨后湛蓝的天空，万鸟齐鸣的山野，村庄上空袅袅依依的烟龙，天真孩童在校园里的嬉闹……往事缠绕着指缝里的烟，熏得我泪眼蒙眬，直到被烟头烫醒心中仍在隐隐作痛。

　　作为一名文化工作者，我邀请乌兰牧骑和文化馆的演员们来村里进行了几场演出。将社会主义核心价值观译成蒙古文用红漆写在了村部的外墙上。邀请到书画协会的骨干，在主街两旁绘制了文化墙。还将学校后街二十世纪七十年代十七位知青生活起居的一排老房翻新，做成了知青文化展示馆。水田村原先就有发展水稻文化旅游业，打造"塞北鱼米之乡"的规划。目前，村里沿主路有四家饭馆，十几处垂钓园。去年夏天我又发挥专长，邀请作家协会和摄影协会的同仁，开展了水稻文化摄影比赛和绘画采风活动，以期打响水田村的知名度。

四

明天就要去驻村了。

住在村里头脑会清醒很多，住在村里会远离尘世烦扰，驻村的时间长了心也会变得清澈。在村里的孤独让我思想活跃，品德的镜鉴让我向内审视，走过的足迹容不得半点歪斜。身处父老乡亲中间心是暖的，站在群众身边物质欲望是少的。远离城市的霓虹，远离领导的法眼，犹如舟船歇息在港湾。这里没有抱怨"做饭像打仗"的爱人，没有成天黏着我索要宠物的女儿，更没有总喊我去喝回笼酒的文友们。孤独充实了我的生活，在接地气的村里，我的写作变得丰富朴实。

四年时间过得飞快，水田村的人大都与我相熟了，见了面都热情地打招呼。有时当我觉得自己很"鸡肋"可有可无时，水田村的人却越来越看重我。这几年找我写东西的人络绎不绝，有人找我写借条，有人找我写总结、合同、申请、报告等等，包罗万象，无所不及。

秋风轻柔吹过，稻田里金浪翻滚，路边的柳树一片两片地飘撒着树叶，深邃的天空白云在独行，南飞的大雁声咽勾起游人思乡情。巨型收割机在远处徜徉，收稻的卡车在来回穿梭，田间地头上农家的买卖很是红火。村里三家米业的机器日夜不停地轰鸣着，雪白的新米销往江南各地。盼着过年的人们数着日子，等着离家出门的亲人们陆续归来。此时不管走进谁家，主人都会亲切地沏茶递烟，畅聊新一年的打算。

水田村迎来国家验收。因为平常工作用了心，达标方面大家都没有过多忧虑。让所有人担心的，只有因意外失去爱人的额古乐书记。那天风大，有户人家的太阳能设备出现了故障，书记的爱人攀上房顶帮忙维修时不小心失足跌落下来，离开时刚刚三十四岁。面对失去挚爱的年轻书记，大家心情沉重，都想着法儿为她减轻一些工作压力，给她带去些许的慰藉。同时也盼着她早一些走出悲伤，重新找回幸福。

工作、学习、文化、艺术，归根结底为了什么呢？或许将每时每刻都过得幸福有意义才是最重要的吧？我的追求并不高，对金钱权力的渴望也不强烈。梦想的幸福也只是兜里揣着三五十元，从早市夜市的摊上买来各种新鲜蔬菜，通过自己的双手烹制出可口的饭菜，一家三口吃着饭，看着电视的其乐融融而已。偶尔带上女儿和侄子去山野溪畔走走就觉得很满足，要是有幸写出了三五页叫自己满意的文章便会兴高采烈。我很怕突然降临天大的好事，也担心陡然捡个大便宜。世间万物，得失有恒。欲求很少的时候反而能过得安稳长久，这就是所谓的知足常乐吧？

水田村是教会我感悟人生的大学。我在这里撰写着有关生命的本质内涵、存在与终结的论文，起草着一部多场景悲喜剧的谢幕词。曾经我用四年时间读完了大学课程，如今虽然同样在这里住了四年，"嘎查大学"却远没有到毕业的时候。在这里我扮演了太多的角色：春天我是菜农，在食堂我是厨子；白天做秘书，夜里做更夫；早上化身清洁工，上路甘当驾驶员；偶尔当个指挥员，通常是个参谋者；人民的公仆，文艺的使者；下了更做兽医，党员队里急先锋；运筹帷幄"活诸葛"，冲锋陷阵"莽张飞"；饥寒交迫的"苦行僧"，真理道义的秉持者。我住的板房窗前，常年生长着野生芝麻。芝麻大点儿微小的我呀，只要能做一些力所能及的、有益于群众的事情便觉得十分欣慰。《阿里巴巴和四十大盗》不知您是否看过，无奈的我正如探宝者在村里寻觅。我深信宝藏就藏在人民群众的心里，只要你肯真情实意地喊一声"芝麻开门"，群众的胸怀就为你打开！那时遗忘的将被重新想起，遗失的都会纷至复来。

眼瞅着到了知天命的年纪，开始频繁思考生命的意义。想起母亲觉得自己不孝；想到故乡又懊悔自己不够好。故乡的水滋养我长大，我却没能为故乡做丁点儿的贡献，想到此内心无比煎熬。在家乡祖屋的后山坡，成片葱翠的青蒿下，埋藏着我出生时的脐带。我的世界是从那里起源并延展到了辽阔的蒙古高原。我的文学梦也从那里生根发芽，天真无邪的牧童曾经幻想着采撷天下最美的水晶送给邻家的姑娘。

有谁见过无瑕的心？又有谁躲过了没来由的惆怅？在永安沼的窄径上散步时，我曾在无言的澄塘里照见我的一生。波斯诗人尼达米曾回顾，在一次派对上他的好友——著名作家盖亚莫悲伤地对他说："请把我埋在那两棵树下，这样一年中就会有两次，花瓣落在我的坟墓上。"后来盖亚莫去世了，公元1136年，尼达米去为好友扫墓。在那个周五的黄昏，他看见盖亚莫的坟墓上落满了花瓣。此时他再想起好友说过的话，哭得无比伤心。

所有人都有个回不去的故乡，仿佛一匹骏马任凭蹄力去奔跑，却不小心迷失了回去的路。

去年我生了一场大病。病床上我常常想起，如果现在回不去了，落叶归根的那天我也要回去。回父母生养我的地方，回祖先埋骨的地方，就算借一块儿宝地也要长眠在那里。每年的清明时节，遍地杏花在那里开放，乌拉草的绿荫里众鸟在欢唱，向阳的暖坡水草繁茂，背风的弯角沙蓬在舞蹈。到那时之前，我必须努力奋斗着，尽可能多做一些对人民大众有益的事情，多写一些涤荡心灵的文章。为了达成这份心愿，我还将坚定不移地继续去驻村。有时候沉下去的意义远高于一味地飘零着。人和植物又有什么不一样的呢？只有牢牢地扎根在泥土里才会有长盛不衰的生命力。英雄安泰的故事早就告诉过我们，人一旦双脚离地就会失去力气。这岂不是很好的启示？

明天就要去驻村了。春来燕归，我愿逆行而去。

原载《花的原野》2021 年第 12 期

译于 2022 年

骢马之耐力

雷沃·阿拉腾陶布其 著

乌云其木格 译

雷沃·阿拉腾陶布其

蒙古族，1975年3月生于鄂托克旗。中国民间文艺家协会会员，中国少数民族作家学会会员，内蒙古作家协会会员，内蒙古曲艺家协会会员，鲁迅文学院第十一期少数民族文学创作培训班学员。在《民族文学》《花的原野》等杂志发表作品近四百篇（首）。著有《大地神韵》《无名高地》等诗歌集。

乌云其木格

鄂尔多斯市融媒体中心播音指导。1965年生。曾播讲《静静的顿河》《平凡的世界》《骆驼祥子》等百余部中外名著。蒙译汉小说《鸟儿飞》《骢马之耐力》刊登在《民族文学》杂志。《蚂蚁漩涡》《阿妈的大鸨》《喃喃阿拉塔》等入选"优秀蒙古文文学作品翻译出版工程"。

去姥爷家骑其日嘎马是我童年最大的乐趣。其日嘎在蒙古语中与雪橇同音。但我说的其日嘎不是指那种马、鹿或狼、狗之类动物拉着在冰雪上滑奔的雪橇。我们那儿所说的其日嘎是指深水井。生活在干旱地带的游牧民族在多年生产生活实践中创造了一种简便无污染、造价低而且最适合低水位环境的取水方法。即用牲口拉深井辘轳绳提出井水来供人畜饮用。梁上的水井浅些的有两三丈，深的有几十丈深。其日嘎井水凉爽甘甜，可称之为广阔原野牧人家的生命之源。其日嘎井台辘轳挂一盘绳索，一头拴上大皮桶放入水井，把另一个绳头套在马、驴等牲畜脖颈。拉其日嘎绳的牲畜由大人牵着或小孩儿骑着走到指定位置，装满水的大桶正好上升到井口。这时，站在井口接水桶的专人赶紧接住装满水的大桶把水倒入水槽。拉其日嘎绳索的人马再返回井旁，水桶也沉下去。这种取水过程一天要重复无数次，拉其日嘎绳的牲畜由小孩儿骑着最合适。

　　每次我把其日嘎马骑到定点返回时，总喜欢使劲儿策马迅速到达井旁，再等候水桶慢慢往下沉。每当这时候我都会有一种赛马领先了的快感和速战速决的成就感。我想，这段经历也助我养成了雷厉风行、说到做到的爽朗性格及积极心态。

在我四五岁时，姥爷家拉其日嘎的是一头灰毛驴。那头驴总是耷拉着脑袋，常年一副爱动不动的样子，任我怎么鞭策都不管用。但姥姥冲着它是家里唯一的大牲畜，把捡来的野兔粪拌入萝卜丝儿土豆皮之类的东西喂给它吃。据老人们回忆那是1982年开始包产到户时的事儿。记得有一天姥爷骑着毛驴去生产队，牵了一头颠步子骟马回来。姥爷高兴地说，公社退还了建公社初期社员们入的股份。按当时的入股比例来算，我们现在放的这群羊和这匹骟马都属我们家私有财产啦。但姥姥可没那么兴奋。她认为好马都让别人挑去，剩下这匹已有七八岁的颠步子老马，别说它能跑多快，平常看它那一深一浅的颠步子就很不顺眼。

我母亲是姥爷家独生女，我家姊妹弟兄多亏姥姥姥爷帮我父母带大成人。难怪父亲常感叹："我这辈子得到过不少人的帮衬，尤其我岳母对我恩重如山，她那样慈悲的人可不多见。"曾听母亲说起过，因为一匹不起眼的马，姥姥责怪姥爷看走了眼，但到后来发现真相并非如此。母亲说在她十六七岁未嫁时的一个早春，姥爷放牛在野外遇见一个叫达日玛毕利格的牧马人赶着一群马走过草地。马群中有一匹四蹄像羊角般上跷的二岁马。这马跑起来虽然快步如箭，但由于四蹄不利索，跑不出几步便绊倒一回，令牧马人十分为难。当时姥爷一眼看出那是一匹善走的良马。于是他将自己骑乘的有名快马连同马笼套、鞍子等手头马具统统送给牧马人，以此换取了那畸形蹄子的二岁马。姥爷这买卖乐坏了牧马人却也气坏了我姥姥。姥姥数落姥爷昏了头脑，用那么一匹出了名的快马换来这么个不起眼的家伙。而我的太姥姥却劝解女儿道:"男人做事男人当。我女婿既然这么做定有他的道理。姑娘你别责怪,这事儿由着他好了。"

不久冰雪融化春归大地。姥爷堆起遮风的土堆将那二岁马拴好,把马子四蹄部位埋入一拃深的羊粪里,然后天天灌水泡马蹄。这样侍弄喂养了三个月,马子原来那如羊角般上翘的四蹄全都自然脱落掉,长出了崭新光滑健美的新蹄子。再后来那匹马被我姥爷调教成远近闻名的神速快马。为此,我太姥姥又怪我姥姥说:"看,这孩子真有眼力。是你当初错怪人家啦。"

小时候的我着迷于听故事。但我一听到某个穷小子在最危难时刻从马群中逮着不起眼的二岁马之类的情节,都不屑一顾。那时的我边听故事边在想,我姥爷早就拥有过那么一匹美名远扬的快马。要说我姥爷亲手调教的那匹快马呀,呵!都快到只差飞天了。长大后我更坚信姥爷那匹快马应当是一等一的骏马。

姥爷从生产队牵回来的颠步子骢马理所当然成了拉其日嘎绳索的马。可我对骑它没多大兴趣。因那时我家已拥有了好几匹快马和走马。而且姥爷还有了一匹跑起来好似行云流水,能一口气跑出二十多里路都不见弱的红鬃马。我们据老骢马一贯的节律性颠步子和总是慢腾腾迈腿的特征,称其为"咚咚"马。那年头受到主人特殊待遇的马子能享受到主人专门为它们准备好的玉米、豌豆等上好草料。咚咚不在被宠之列。除了用它拉其日嘎井绳、驮东西或骑乘之外平常没人理会它。这匹颠步子老骢马一年四季都被脚绳绑着走不了多远,常见它在家附近啃草。不善于骑马的大姐偶尔骑上老骢马到苏木医院给姥爷抓药。有一次,一大早出门的大姐到苏木医院抓好药,往回赶时太阳已西下,还没等她走到熟悉地带,夜幕已降临,伸手不见五指。漆黑的荒滩上,惊慌失措的大姐根本辨不清方向。毫无选择余地的她只好紧紧把住马鞍，放松了缰绳。她把接下去的路程全交给咚咚，由它去选择方向和路段。这时的老骟马咚咚打着响鼻，像是在给我大姐壮胆，并一溜烟准确无误地直奔回家。我大姐说，别看咚咚平日里那么不紧不慢，在最关键时刻它会跑得很快。但我们谁都没把大姐的话当回事儿，确切地说没谁会高看一眼颠步子老骟马，我们照旧把它套入其日嘎绳索。当然啦，对于一匹马来说当个拉其日嘎的马可不是什么"光荣"身份。

那达慕兴起的二十世纪八十年代，盛行"是骡子是马拉出来遛遛"的口头禅。我们嘎查那达慕大会赛马那天，有一匹叫帕郎的快黑马成了人们热议的话题，大家一致认为快黑马这次肯定会领先。但在正式比赛开始后快黑马偏离赛程线路，骑乘的小孩儿也摔了下来。受惊的马子带着缰绳飞也似的跑向空旷野外，好多人骑着马追了半天也没追上。其中姥爷的红鬃马紧追不舍，但当追出戈尔毕大漠后再也追不动了。此时有人看到拴在桩子上的骟马咚咚，赶忙骑上它追了过去。骟马不像那些个猛跑一阵子便渐渐力不从心的马子。它保持着一贯的速度一直追呀追，追过野滩，追出沙地，追到梁上，最终令那匹黑马实在没力气跑动了才被逮着。从此，人们重新认识了这匹老骟马咚咚。可惜那时我姥爷已经过世，骟马也有十几岁，已是老马了。难怪牧人们惋惜道："唉！早知道它有这么好的耐力该有多好，我们真是有眼无珠啊。"草原上的人们都知道，一口气跑到力尽伤了元气的烈马一般缓不过劲儿来。跑过头了的马从此很难恢复原有的速度及那种锐气。牧人家平常不让小孩子随便骑好马，原因在于不懂事的孩子们一旦骑上良马，一个劲儿快马加鞭会使马子跑伤元气。

要说这匹颠步子老骟马咚咚，它可从没让我们失望过。1985年夏季，我家乡的牧人们大部分忙着调养快马。大伙儿都希望自己能调教出一匹快马，冲出层层选拔进入旗那达慕大会争取金榜题名。头一年，我父亲的枣红马在全苏木那达慕大会快马赛上荣获了第二名。可这一年父亲却精心养护起了骟马咚咚。父亲说让我骑着它去旗那达慕大会参赛。开赛那天天气特闷热，我骑着骟马到跑马起点线报了名。参赛的马儿一个个气宇轩昂，只有我的骟马咚咚依然像平日那般无动于衷，看不出一点儿急躁或兴奋。见它那副老态龙钟的模样，我很是沮丧，精气神儿也消去大半。心想，这次我若骑了父亲的枣红马可不会是现在这般落魄样儿。还想，就骑这马还能拿什么名次，若被我的小朋友们看到了指不定会笑话我……我越想越窝火。裁判员宣读完赛马规则，将到场的马儿排成一行，比赛就要开始了。哨声响，小旗子一挥，参赛的马儿如同离弦之箭一般腾飞而出。我的骟马也纵身跃入跑马行列，顿时飞沙漫天。马蹄扬起的黄沙扑面而来，骑在马背上的孩子们无法睁眼。四周除了沙尘和如雷般的马蹄声再也辨别不出其他。灰头土脸的我眯着眼睛，只凭感觉向前奔跑。脑子一片空白的我把一切交托给了胯下的骟马。马儿跑过一阵子我才渐渐适应了强烈的震动。在震耳欲聋的马蹄声中我定了定神，心想管他呢，走到哪儿算哪儿好了。说实在的我也只能听天由命了。

　　接下来的赛程中跑马相互拉开了距离。我使劲儿擦了擦眼，用眼角余光瞟了一下周围。还好，我的骟马算是跑在中间一带，与我们并列的还有好几匹马。不用说，前前后后都是震动冲跑的马儿。这个局面一直持续到多数马儿越过塞尔陶劳盖高坡。从起点跑出整个赛程的三分之一路段，你追我赶的赛马冲劲儿明显有了差距。这时，我的骢马足下生风，开始加快速度超越了前面的好几匹马。临赛前父亲曾反复叮嘱我："你要时刻观察你前后左右的状况，若看到你前面马子减少时记住拉好缰绳，蓄好胯下坐骑的气和力，等快接近终点要策马冲刺。"但当下的我觉得没必要动用那么多赛马技巧。我只稍微拉一拉缰绳与马子保持一种难以描述的默契，稳稳当当地当好骑手就是了。参赛马儿跑过一半路线，有部分马子把不准自身奔跑速度，一会儿冲在前，一会儿又落在后，但骢马一直保持着恒速，既没加速也没减速。

　　赛程过了四分之三的路段，骢马咚咚超越了好多匹拼命向前冲的马儿。前面的马子已为数不多，数都能数得过来了。骢马依然不紧不慢地保持着原来的跑速。它这平稳的速度好像挺管用，前面的马子一个个被我们超了过去。这会儿只剩四五匹马跑在我们前头，却差不多都已力不从心。那几匹马的四蹄动作显得有点儿僵硬，从背后看上去活像电视里播放的慢镜头。但我的骢马依旧按原速疾驰，它全身伸展幅度和前后蹄子的着地力度一点儿不减当初。对于我来说，这种被一个生灵带着一起飞奔的感觉真是如梦如幻。马背上的我从心底涌出一股热流，由衷地对这匹马肃然起敬。也是从这一刻起我欣赏着这匹老马处变不惊、稳如泰山的底气及强大耐力。不知是出于兴奋还是什么心情，我不由得唱起当时十分流行的一首歌："脊背上闪现着阳光异彩／任意踏遍了原野花海／漂亮矫健的蒙古马哟／嬉戏着风儿驰骋在草原／我美丽矫健的蒙古马／我美丽矫健的蒙古马……"我感觉随着我的歌声飘然而起，骢马飞扬的四蹄更有了非凡力度。马儿跑到阿敦井附近，离终点只剩五里路。眼看前面四匹马的跑速远不如原先那般轻快，而"硬骨头"骢马的伸展状态及奔跑节奏丝毫没有问题。快到终点线了，我赶紧鞭策骢马想让它来个最后的冲刺。但我的催促无济于事，骢马好像对此没什么回应。天啊，在这千钧一发的关键时刻它还是这么无动于衷，还毫不动摇地秉持着一路跑来的状态……唉！拿它真没辙。

等待已久的观众围成一团。五颜六色的服饰和震耳欲聋的欢呼声使我心潮澎湃、眼花缭乱。我隐隐约约看到骢马终于冲过了终点线。骢马穿过密密麻麻的人群，我拉紧了缰绳让它渐渐慢下来。这时裁判员拿着小旗跑过来说："恭喜，你的马得了第四名。"啊呀，第四名！这可是我万万没想到的名次。原来骢马在最后的瞬间急速超出前面的一匹拿到了第四的名次。够了，这就足够啦！我按牧人爱抚骑乘的习惯揉了揉骢马的眼睛，抱着它粗长的脖子轻轻抚摸着它的鬃毛，对这匹老马的喜爱之情油然而生。

当时，在全旗那达慕大会上骑着赛马入赛场并能获得名次是个很了不起的荣誉。满满的快乐幸福感使我的心情久久难以平静。我从小喜欢骑马，如今更是体会到参赛获奖的那种飘飘然的快感。我坚信这种不同寻常的成长经历对我现今酷爱写诗的兴趣爱好起到了一定的促进作用。妻子说我有点儿痴心妄想的毛病。我想她是说对了，因为我对于马的情感确实很"痴"，甚至可以说很"痴迷"。

那年全旗那达慕大会赛马路程应该有二十多里地。我们的颠步子老骢马咚咚拿到名次后，听说好多人出高价想要买它。但继承姥爷家产、传承姥爷家风的大姐和姐夫始终没舍得将那"老功臣"转手他人。自那次骑马参赛获奖后我也离家上学开始了漫长的求学之路，从而没有太多骑马机会了。姥爷虽然不在了，但他当年看中的那匹颠步子老骢马，一直以来总是以它忠厚老实的脾性和持之以恒的坚韧劲儿为我们家付出了太多太多。随着时代的发展，大姐家有了机井，老骢马总算解脱了拉其日嘎绳的苦差。但念着它的种种好，我大姐他们将老骢马奉作吉祥马放归到大草原。大姐曾哽咽着对我说："骢马一直在草原自由生活了好多年，直到二十世纪九十年代中期不见了踪影。想必升天成为真正神骏了吧。现在想来那是多么有耐力的一匹好马啊。苏木医院和咱家之间四十里地的路程，骢马从不歇停一会儿，始终保持一个节奏一股劲儿跑，真难得啊。"

1994 年深秋，我上学路过呼和浩特时有同学带我到内蒙古博物馆参观。我第一次看到博物馆建筑顶端那匹扬蹄凌空飞腾的骏马雕塑。现在每当我翻看以内蒙古博物馆飞马为背景的照片，总会情不自禁地想象我家颠步子骢马还活着。无边无际的旷野上活灵活现地随意奔跑着一匹骏马，那是曾与我朝夕相伴同甘共苦的骢马啊。是的，它永久存活在我内心深处……

原载《花的原野》2022 年第 12 期
译于 2023 年

乡村三部曲

特·布和毕力格 著

查干路思 译

布和毕力格

笔名特·布和毕力格，科尔沁人，1965 年出生。现在兴安盟科右中旗一中任教，内蒙古作家协会会员，中国少数民族作家协会会员，中国作家协会会员。出版作品《天地男人》《风暴中的天魂》《北方的狼群》等九部。曾获内蒙古自治区文学创作"索龙嘎"奖两次，内蒙古自治区精神文明建设"五个一工程"奖以及"孛儿只斤"奖等。

白龙

笔名查干路思，蒙古族，1972 年生。中国作家协会会员。内蒙古兴安盟翻译家协会主席、作家协会副主席。著有《科尔沁记忆》等六部著作。翻译著作有《我的科尔沁》等四部。散文集《科尔沁记忆》获得内蒙古自治区精神文明"五个一工程"优秀图书奖。散文集《科尔沁记忆》和翻译作品集《我的科尔沁》入选中国作家协会重点扶持项目。

一

　　改革开放前的农村，虽说也有充满欢乐的梦境，却与邋遢落后的景象并存。但是在这相对落后的境况中竟也充满着生命的光芒，洋溢着欢乐的生活气息，有奔头、心气儿高，这种朝阳般的生活很奇幻也很让人羡慕。值得我们怀念和记录。

　　我与你们分享的是我的家乡——原哲里木盟（现在的通辽市）甘旗卡镇东北十多里的哈布哈屯的变迁史，意在跟大家一起"忆苦思甜"，共圆中国梦。

　　那时，我们屯是由六十多户组成的，东西方向呈长条形的村落。屯里各户坐落得很不整齐，从远处看，很像夏天拉车的大黄牛的牛粪疙瘩，这边一个，那边一个。小时候屯里老人说："这边一坨那边一坨，从这儿到金宝屯一直这么哩哩啦啦。"屯子东边和北边是连绵的白色沙丘，像静静躺着的骆驼，又像目光如炬的可怕的蟒古斯①让人后背发凉。胆小的，到它跟前迈不开腿。

---

① 蟒古斯：魔鬼。

刮风了，飞沙走石，睁不开眼睛，头发眼睛全灌了沙子。如果碰到五级以上的大风，更是天地昏暗分不清方向，容易迷路。而在晴朗的天气里这些沙丘却是跳跳鼠、田鼠、刺猬、獾子、小白鼠、天牛等小动物们的天堂，也是我们雨后抓跳跳鼠的主要战场。屯子西边是一望无际的草原，草丛里有各种飞禽走兽，飞禽有大鸨、丹顶鹤、傻斑鸡、野鸡、鹌鹑、飞龙、鹳鸰；兽类有狐狸、獾子、野兔、田鼠、野猪、狍子等。我们把这片草原称为"翁滚"草原，意为原始的草原。翁滚草原的草香，随着微风飘扬到天边。翁滚草原往西蔓延，从铁路底下穿过去跟兵图草原接壤，变得无边无际。火车像一条龙，从通辽站飞奔而来，瞬间划过草原，奔向彰武县、锦州城或长春，把我们这个小屯子的气息带给祖国各地。

小时候，屯子南边有一条弯弯曲曲的土路，偶尔也看见有汽车跑过。从远处看这条土路，就像手指粗的小蛇吞下了巴掌大的蛤蟆一样，崎岖蜿蜒。从旗政府所在地甘旗卡那边延伸的乡间小路能到金宝屯。这条路上偶尔能看到解放牌汽车颠簸着开过。孩子们高喊着在后面追，车后尘土飞扬根本看不到车，追累了停下擦掉满脸的土，感到特别新奇。我也是那些孩子中的一个。

路南边是绿色绸缎般的芦苇甸子绵延到天边，与白云连接在一起。芦苇甸子绿波荡漾，包裹着那些雁子鹅子的叫唤声和淘气孩子们的梦想延伸到天涯海角。芦苇甸子中心有一片镜子般的湖水。清澈的湖水见证着小屯子的今与昔，与太阳聊着过往，泛着幸福的波光。碧波里有鸿雁、灰雁、鹌鹑、白骨顶、棒鸡、凤头麦鸡等水鸟欢叫着，歌唱它们的自由和幸福。它们在芦苇荡里筑巢"养儿育女"，到了深秋便奔向温暖的南方，第二年又会原路返回，周而复始。

芦苇荡的西南角有一棵粗壮的杨树。从远处眺望像个白胡子萨满在作法驱鬼，到了跟前又像个巨大的旗帜插进大地，纹丝不动。

当时居住在这么美丽的地方，生活却无比贫苦。

那时候我们住的都是土房。旗政府所在地甘旗卡镇楼房也不多，只有那么几栋。烟囱开裂，墙皮脱落，陈年土房样子难看。那时候大队负责给每家每户拉来抹房顶的碱土。如果大队田里的事儿着急或者有些队长丢三落四地忘了这个事儿，那就不得了了，大家会一起遭殃。遇上大雨倾盆或者阴雨连绵的日子，没抹上房顶的人家就会漏雨，大家只好把锅碗瓢盆都拿来接雨水，那种滴滴答答的声音能把人愁死。外头的雨停了，家里的雨还在下着，土炕经不起水泡，塌了就几天几夜都没地方睡。

那时整齐划一的院墙很少见，大多都是柞树条柳条做的栅栏围墙，农村也叫"障子"。障子院墙经不起风吹日晒，两三年就散架了。狂风暴雨中看障子，好似沙地上长的风滚草，无精打采的。有些懒汉家的烟囱，三五天不冒烟。饿了抓一把爆米花充饥，做饭对他来说太奢侈了。太阳老高了，懒汉们勉强起床出来放水。瞅一下哪家烟囱还在冒烟，系好了裤腰带，抱着胸口，到那家蹭一顿。烟囱的烟气平时很稀，只有节日或春节才又浓又密，像青龙飞舞般慢慢消失在天空深处。

土房的窗户是木制的，上半部刻有很精致的蒙古族传统吉祥图案，是祖祖辈辈传下来的传统手工艺。窗户纸是黄色的，叫"毛头纸"，一到大风天就容易吹出窟窿，哗啦哗啦乱响。遇上东南方向来雨，窗户纸就全被浇烂了。虽然平时备有保护窗纸的苇帘子，但有时候偏偏忘了放下来，躲不过被突然下的暴雨"暴揍"的命运。所以放眼整个屯子，窗户纸完好无损的没有几户。那时候想给窗户的下半部镶玻璃，但玻璃是奢侈品，哪有那么容易？因此各家窗户玻璃都是用很多小块儿拼凑成的。淘气的孩子们碰坏一小块儿玻璃，那可是天大的罪过，因为那个窟窿有可能一直要到过年的时候才能补上。夏天还好办一些，窗户破了，干脆把整个窗户的下半部分都拿下来，睡觉会很凉快。可是到了秋末冬初就不行了，老人们说："针眼儿大的窟窿能吹进骆驼大的风。"因此得用抹布、棉衣堵住那个窟窿。当然了，碰坏窗户玻璃的那个孩子肯定逃不过"严惩"，这个错误我从小到大也不知犯过多少次，被惩戒多少次，现在想起来真是"活该"。

土炕上面都铺着炕席。是用芦苇或高粱秸秆编制的席子。过年的时候，生活条件好一点儿的人家才能购买芦苇席子。孩子们裤兜里揣着几颗糖或鞭炮，挨家挨户地比对炫耀："我们家买了新的炕席，是芦苇席子呢！不扎手。"生活条件一般的人家只能购买便宜的高粱秸秆编制的席子。那些有陈年老病的贫困户，还有那些懒汉根本没钱购买新的席子，只能把破了很多个洞的旧席子缝缝补补，凑合着用。像我大爷家，自己有手艺，到了深秋去芦苇荡里割芦苇放在水里泡发，然后从中劈开编制席子。家里孩子多的，席子经常破洞。土炕上面的尘土从那些破洞里冒出来被吸入口鼻，呛得人直咳嗽。有些孩子睡觉不老实打滚儿的，经常被席刺儿扎伤。炕席的那些破洞形状各异，像是各种动物，活灵活现的。实在看不下去了就找来芦苇或高粱秸秆"补席"。与我们一起消磨时光、历经岁月的炕席子，牺牲了自己，见证了众多孩子成人成才。那时候几辈子人生活在一起的比比皆是。所以很多家庭都建有两个土炕，南边的叫"南炕"，北边的叫"北炕"。有的家庭，婆婆和媳妇同时坐月子，一个在南炕，一个在北炕，也不是什么新鲜事儿。

屯里的人们去碾坊还有一些说道。第一个去的在碾子房门口拴驴，意思是"我排第一"。第二个去的把套绳拴在碾子中央，意思是"我排第二"。第三个去的把扫帚放在碾子盘上，就是"我排第三"的意思。第四个去的，看到这些后只能摇摇头叹口气："今天我是没戏了。"掉头回家。

到了过年前，那就是自家毛驴或大队毛驴的灾难了。人可以休息，毛驴和碾子可没时间休息。本来屯子里毛驴就很少。蒙古族善养的"五畜"里不包含毛驴子。或者屯里人本来就不喜欢毛驴，也有可能那时候真没有买毛驴的闲钱吧！结果屯子里毛驴少之又少。所以要碾米面的时候，首先就要出去借毛驴。屯里有一句很形象的说辞："年底了，各家各户都要炒米，毛驴子闻到炒米味儿就全跑得没影儿了。"跑出去的毛驴不好捉，那是一个苦差事。我的外号叫"马猴"，我特别乐意去捉毛驴。家里人也知道，我欣然接受这个苦差事是为了多玩儿。找毛驴的时候就是在玩儿，捉到了，骑上了更好玩儿。毛驴习惯挨着墙根儿跑，上面骑的人大腿小腿被墙面剐蹭得红一块儿紫一块儿。人们经常说："马上摔下伤不到人，毛驴上摔下活不成人。"骑毛驴摔跟头那就是要命。所以毛驴就是个讨厌鬼。每次我去找毛驴，家里人就说："就想着玩儿呢，这人啊！"

冬天每家每户都有火盆子。早晨灶里烧的木柴，烧完了用掏灰耙扒拉出来倒入火盆里，用火铲压实，能保存到晚饭那会儿。火盆用于暖房，也把铜水壶放在上面烧水。水开了，水壶盖子不断地咔咔响。也用来热牛奶、热菜，孩子们在火盆里埋入土豆，那样烧出来的土豆才好吃呢。早晨火盆弄好了，把孩子们的棉袄棉裤翻过来烤火才能穿，要不然冷冰冰的没法穿。我爸是猎手，有时候打来野鸡或沙斑鸡，我哥儿俩把鸡头拧下来埋入火盆中，站在边上不停地咽口水。喜欢喝酒的老人们把酒壶放在火盆里顺时针转动三圈，然后逆时针转动三圈，叫作"烫酒"，坐在炕桌旁，夹一口咸菜，抿一口酒，声音响亮，瞬间拂去浑身疲乏，那真叫"得劲儿"。晚上睡觉时候用火铲子压实火种，到了第二天早晨用来烧开灶火，点燃生活，迎来朝阳和希望，这才是幸福的火种哦。

那些年啥都紧缺。缺食盐，缺茶叶，缺烟叶，缺白酒，缺粮食。可是队里的男人们咬紧牙关，女人们紧一紧腰带，给国家送交的公粮从来没有缺斤短两的，值得骄傲。那些年吃一口荤的，真的很不容易。春天队上给每家每户分猪崽。可是预防不到位，又有可能是没有钱买兽药，很多猪崽生病死了。好不容易养大的猪也没有膘，到年底不过百八十斤。最气人的是，杀猪了才发现肉里有"痘"，也叫"米猪肉"，不能吃，只能丢掉，一年的心血瞬间白费。

那时候生活虽然贫苦，人们却吃苦耐劳。再累也不在田间地头叫苦；饿得两眼冒金星，也不会偷盗大队地里的庄稼；冻得瑟瑟发抖也是咬紧牙关，紧一紧腰带，撸起袖子加油干。

秋天打完过冬的牧草，装在牛车上，月光下唱着科尔沁民歌，慢悠悠返回屯子。歌声里飘扬着他们的希望、幸福和美妙的爱情，跟随月光升腾，与星辰同辉。歌声与星辰又慢慢坠入大地的怀抱，变成露珠，闪闪发亮。漫长的寒夜，他们欢聚在队部，听乌力格尔①，唱好来宝和民歌，说唱科尔沁格斯尔。

劳动和曲艺像是他们的生命，又像是他们的追求和灵魂的礼赞，还可能是他们在劳动和曲艺当中享受生活，延续生命，通过劳动和曲艺体现自身价值，书写历史。进一步讲，在对劳动和曲艺的欣赏当中包含着他们美好的愿望和追求，也是美好未来的一种象征。

就这样，我们屯一家老少住在两三间土房里，生活像烧开的牛奶和香浓的奶油，抓牢生活的缰绳，奔向朝阳般的未来，仿佛还是在昨天。

二

二十世纪七十年代末，改革开放的春风从北京吹到祖国各地。我们哈布哈屯的人民迎着春风，充满力量，激发热情，信心百倍地走上了脱贫致富的道路。

改革春风吹满地，吹向了农村牧区，吹到了人民心窝里。这次的春风开启了政治、经济、文化、科技、教育高速发展的大好形势。广大人民群众坚信紧跟着伟大的共产党就能建设好社会主义，能够发展经济，提高生活水平。部分群众解放思想，更新观念，全心全意扑在建设伟大祖国的美好事业当中。一部分人先富起来了，又带领左邻右舍走上了共同致富的道路。通过艰苦奋斗，生活质量直线上升，人们心里乐开了花。

---

① 乌力格尔：蒙古族说唱艺术，拉马头琴或四胡伴奏。类似汉族的说书。

我们屯的人知道了创造幸福生活不能盼着天上掉馅饼，拜佛祈祷挣不来美好生活的真理。哈布哈屯的人们紧跟党的领导，走上改革开放的新路，乘风破浪，展翅高飞。几年的工夫，生产生活就有了大变样。

人们兜里有钱了，推倒了土房建起了崭新的瓦房。

土房完成了历史使命，带着欢乐与苦难，带着幸福与悲伤，带着发展与困苦的日子成为一去不复返的"昨天"。

勒勒车和马车被时代淘汰了，成为院子里的古董。马车拉砖也已成为历史。人们赶着马车艰苦奋斗，换成开拖拉机和汽车，终于走上了时代的高速公路。装满艰苦生活的马车停靠在新生活的大门前，放下过去，圆满完成了它们光荣的历史使命，退出了历史舞台。马车见证了我们艰苦创业的历史，让我们永远记住那种艰难创业的精神。

人们种地用起了拖拉机，进城开起了私家车。轿车开进农村分外拉风。生活的方向盘在农民手里，就像当年的缰绳。欢快幸福的生活掌握在自己手里，这是多么美好的事情啊！

靠着英明的政策，靠着奋发图强的精神，解放生产力，提高收入，为建设社会主义新农村贡献着每个人的力量。

原先的两间房变成了三间房四间房；火炕上铺着崭新的羊毛毡；窗户变成了亮丽的落地窗；房子冬暖夏凉，铺着地面砖的屋里干净整洁。

屋里看不到火盆了，烧煤的锅炉暖气代替了它。烟囱里冒出的白烟直奔云霄，宣告人们过上了温暖的生活。院子里都打了压水井，吃着地下深水层的甘泉，生活无比甜蜜。人们不用再挑水，园子里浇水也很方便了。院墙都用红砖垒起，仓房、煤仓干干净净，扫帚簸箕都在各自的位置。

其间最高兴最难忘的一件事情发生在 1980 年 12 月 30 日，算是我们屯翻天覆地的大事件。那天锣鼓喧天，鞭炮齐鸣，屯子里亮起了电灯泡。象征幸福的灯光格外亮，人们的眼睛一下子不习惯强光，都眯成了一条线。据说道尔吉大爷看到头顶上的电灯怕掉下来砸着他脑袋，跑到大街上了。煤油灯光荣下岗，都去了仓房的角落里。到了年底腊月，屯里拉来了加工米面的机器，结束了排队等候碾子的历史。邻屯的人们也听说了米面加工的机器神话，开着拖拉机来我们屯子里加工米面。屯东屯西的两个碾子被拉到大队部仓房里，光荣退休。

人们知道了"要致富先修路"的硬道理，将屯子前边的沙子路修得板板正正，这样一来我们屯子的买卖人渐渐多了起来。1982 年屯子北边修了八尺宽的柏油路，屯里号召盖新房必须选在柏油路两旁。没几年，柏油路两旁都建成了亮堂的砖瓦房，哈布哈屯变成了新农村的典型。宽阔的柏油路上看不到马车或毛驴车，代替它们的是火红的摩托车和银白色的小轿车。

社会发展了，人们的思想观念也跟着转变和提高了。人们思想观念的进步影响着经济社会发展。跟着中国特色的社会主义发展潮流，哈布哈屯的人们开始重视脑力劳动，觉得脑力劳动才是更大的生产力。因此走市场化道路，做买卖致富的人就更多起来。人们尝到商品经济的甜头，个个都生龙活虎赶紧"下海"经商。

有的去城镇开饭店，有的开超市、开专卖店，还有修摩托拖拉机的，也有电焊做农具的。农村也有了建筑工程队，实现了门口打工挣双份"工资"，改变了靠天吃饭的历史。几头牛几亩地根本满足不了人们发家致富的愿望。靠勤劳的双手、靠智慧的大脑，哈布哈屯的人们与时俱进，向各民族人民看齐，肩并肩共同前进是多么幸福、多么骄傲的事儿啊。

改革开放之前人们思想保守，觉得做买卖是投机倒把，很丢脸。一些老人反对后辈做买卖，打骂是很平常的事儿。那年，都楞老叔的儿子想进城开饭店，老爷子铁青着脸说："我们祖祖辈辈靠着勤劳的双手，靠着这片黑土地活得好好的，你如今想要做坑蒙拐骗的事儿发财就是不对，丢先人英名的事儿不能干，谁要是给先人的脸上抹黑，谁就不能进这个门、姓这个姓！"说完用拐杖指着儿子的脑门开骂。

到了二十世纪八十年代，人们观念彻底改变了，都在议论羡慕谁家的进城开商店挣大钱了，南屯的谁谁开农家乐发家了等，老人们也不反对做买卖致富了。都楞老叔都改变了，跟他儿子儿媳说："我总这样在家等死真不是个事儿，给我炒点儿瓜子吧，我拿到汽车站去卖，活动活动筋骨，就当是散步锻炼也好啊……"

还有个划时代的大事儿发生在华夏大地，也影响了我们的家乡——那就是八亿农民不用交公粮，不用交税了，这是伟大的共产党恩泽四方的实证。

天有繁星万颗，国有慧眼亿双。广大农牧民的生活质量迅速提高，他们满怀信心地参与到祖国四个现代化建设当中。

三

发展是硬道理。伟大祖国科技事业蓬勃发展，航天事业发展遨游外太空，月球、火星探测走在前列。资本主义国家用了二百多年才实现的工业化，我们改革开放四十年就赶上了。这是多么骄傲的事情！这是多么大的成就啊！我们哈布哈屯也是在党的英明领导下，在国家政策关怀下，用很短的时间迅速发展，走上了奋发图强的道路。很多人在旗所在地甘旗卡镇买了楼房，冬天都在楼房过冬，家里温暖如春。

哈布哈屯大变样还有一个实证是网格化的水泥道变多了。国家投入大量资金扩建了甘旗卡到金宝屯的柏油路，修成了双向道。道路两旁加固铁栏杆，防备家畜上道。道旁种植着花草树木，坐车的人好像进了公园。还有通辽到沈阳的国道从屯西路过，与原先的铁路形成双龙飞舞、直奔大海的景象。国道横跨屯东沙丘，道旁的绿化带成了防沙屏障，风景格外亮丽。还有个好事是 2018 年通辽到北京的高速列车通车了，正好路过我们屯，到甘旗卡车站稍作停留，我们屯的人坐上高速列车只用三个半小时就能到祖国心脏北京。

发展是硬道理。发展带人走上幸福之路。

想购物的人们去沈阳当天能返回，想去首都北京看看天安门、瞻仰人民英雄纪念碑或者到八达岭登上万里长城，如今都很容易实现，不再是遥不可及的梦。

公路尽头有我们后辈人成才的希望，奔前程的人们到那边扎根生存，改变命运。铁路的尽头有我们后辈人圆梦的土壤，深深扎根，与时俱进。

屯里原先的土道变成了硬化街面，整整齐齐的砖瓦房格外养眼。出了屯子就上高速公路，各种车辆承载着草原人民欢快的心情奔向远方。街道旁的路灯亮堂堂，黑夜变成了白天。

推进城乡一体化，新时代卓越的成就震撼世界。

人民生活质量提高了，家家户户有了私家车，与时间赛跑，一路前行。

随着哈布哈屯经济发展，群众精神文化生活也更加丰富了。

村两委办公场所变成了十五间新瓦房，群众服务大厅省去了人们很多麻烦。卫生室、阅览室、图书室、健身房、群艺馆样样俱全，村里中心广场篮球架、羽毛球场地活跃了气氛。各种合作社心连心，孤寡老人有保障。村委会成了人民群众政治生活和文化生活的中心。

村妇联也是巾帼不让须眉，组织成立了老中青三个舞蹈队，争奇斗艳精彩纷呈。哈布哈屯里没有了酒鬼闹事儿，看不到懒汉赌博。夜晚的广场是人民乐园，四胡、横笛互不相让，口琴、手风琴琴声悠扬。欢乐大家庭奏响和谐交响乐，激情燃烧的岁月日夜欢唱。

听说村里的舞蹈队参加镇里、旗里组织的比赛夺冠，为哈布哈屯争光，给家乡人带来荣耀，这是多么愉快的消息！真是幸福美满的生活啊！

改革开放四十多年过去了，伟大的中国共产党带领人民走上实现中国梦的新征程。哈布哈屯推进精准扶贫脱贫攻坚的战斗，实现了小康，富裕的哈布哈典型美名传扬……

原载《哲里木文艺》2022 年第 7 期

译于 2023 年

小女孩吉茹娜

杭图德·乌顺包都嘎　著

陈萨日娜　译

杭福柱

笔名杭图德·乌顺包都嘎，蒙古族，1969年生于奈曼旗。中国作家协会会员、鲁迅文学院第十届高级研修班学员、通辽市作家协会副主席、通辽市翻译家协会副主席。著有长篇小说《二连》、《飞尘》、《宿命》、《情敌》(蒙古文)、《一生有多长》(汉文)，儿童文学作品集《杭图德·乌顺包都嘎儿童作品选》、儿童诗歌集《弟弟画的世界》等。

陈萨日娜

内蒙古翻译家协会副主席。中国作家协会会员，鲁迅文学院第三十四届中青年作家高级研讨班学员。先后在《草原》《花的原野》《民族文学》《青年文学》《上海文学》等杂志上发表多篇蒙汉语中短篇小说。有文学作品荣获"朵日纳文学奖"等各级奖项。中短篇小说集《放生》入选2022年度《中国少数民族文学之星》丛书。

一

开放的时代奉子成婚已不新鲜。奈曼旗固日斑花苏木的一位姑娘不小心未婚先孕了。这位提前住进妈妈肚子里的孩子就是吉茹娜。

当时，吉茹娜的姥爷、姥姥，还有奶奶想打掉她，"密谋"着不让孩儿看见湛蓝的天空、明媚的阳光、秀丽的花草。他们"密谋"这件事儿并不是因为恶毒，而是更多地考虑了脸面、条件、生活状况等比生命轻的东西。吉茹娜的阿爸、阿妈和爷爷却竭尽全力，费尽心思去保住这条小生命，期待这个小生命早日降生到生活着七十五亿人口的地球上。于是，吉茹娜的阿爸阿妈在2017年4月匆忙结婚。

吉茹娜在妈妈的肚子里一天一天地长大。妈妈的肚子虽然温暖舒适但黑暗沉闷，所以后来的日子里，吉茹娜拳打脚踢，弄疼妈妈，像是在表达想早日从妈妈的肚子里钻出来的意愿。真是个淘气的小东西呢。

因为淘气，亲人们都以为是个胖小子。

为了给孩子的孩子起一个好听的名字，作家爷爷像写小说般绞尽脑汁，终于想出了几个男孩的名字。但是谁能料事如神呢？万一生个姑娘呢？于是也准备了一个女孩的名字。那个名字就是"吉茹娜"。

大夫提前告知了预产期。吉茹娜的奶奶计划着留爷爷一个人在家乡，自己去呼和浩特伺候坐月子的媳妇。恰好，吉茹娜的爷爷去呼和浩特参加《内蒙古青年》杂志举办的报告文学培训班。能有这么巧的事情肯定是因为爷爷对吉茹娜有恩，或者吉茹娜和爷爷有特殊的缘分。

2017年12月6日，农历十月十九，在呼和浩特内蒙古妇婴医院，二十多位母亲在不知姓名的大夫和护士的帮助下，让怀揣十月的孩子面见了这个尘世，吉茹娜是那些孩子中的一个。听说世界上每天降生36.5万个孩子，吉茹娜也是那天降生的36.5万个孩子中的一个。

生下吉茹娜的那天晚上，爷爷、奶奶、爸爸都留在医院陪吉茹娜母女。为了舒适清静，多花一倍的钱将母女安顿在单间，这正好提供了家属留在医院陪床的条件。当然，也跟医院租了两张折叠床。那晚，爷爷几乎没睡，时不时地悄悄起身观察襁褓里安睡的小东西，担心她热了没，饿了没。回到自己床上睡觉的时候也在想："降生到我们家族里的这个小东西到底从哪儿来的？"爷爷惊奇于生命、灵魂的神奇，竟久久无法入睡。原来，看到孩子的孩子的人，心情如此高兴激动，思绪如此清晰明朗，只想包容和热爱这世间的一切东西。而且忘记了疲惫。只要看一眼舒服地睡在温暖的襁褓里的小东西，爱就喷涌而出，眼神变得无比柔和……"人老隔辈亲，爷奶疼小孙"。这时候他才真正理解民间谚语"放在掌心怕掉了，含在嘴里怕化了"的含义。

吉茹娜一生下来就是个小心谨慎的孩子。她微微睁开眼，看到荧光灯就立刻闭上眼睛。她肯定是想，多么厉害的晃眼睛的光啊。爷爷用手给她挡住光，她才慢慢地把眼睛睁开一条缝。挡住灯光的爷爷的手投下可怕的阴影，她又一次紧紧地闭上了眼睛。从此，吉茹娜总是在熄灯以后睁开眼睛偷偷地观察世界的样子。对吉茹娜来说，世界就是有光的时候闪亮，没光的时候模糊的医院的白色房间。两天以后，有光的时候吉茹娜也微微睁开眼睛，静静地观察说着她听不懂的话的人们。她似乎在努力认识爸爸、妈妈、爷爷、奶奶。

给吉茹娜换裤子的时候，发现她娇嫩的大腿上有扣子大小的、形状也像扣子的紫红色的胎记。读过很多书的爷爷猜测那就是书中所写的上辈子的印记。那清晰的紫红色的胎记，随着吉茹娜的身体和年龄的增长慢慢地模糊。三周岁的时候已经模糊不清了。那是小吉茹娜的秘密，也是生命的秘密。

第二天，吉茹娜的爷爷去会场，跟朋友们说自己晋升爷爷的事儿。朋友们纷纷说："喂，年轻的爷爷……穿牛仔裤的爷爷……"场面一片热闹。一个四十九岁的、长相年轻的同学当爷爷的事儿成了培训班的一段佳话。

二

吉茹娜的妈妈坐月子期间，吉茹娜的奶奶留在呼和浩特照顾母女俩。吉茹娜的爷爷参加完三天的报告文学培训班后回大沁塔拉镇开始了一个月的"光棍"生活。爷爷是个不会做饭的笨老汉。一个月来，除了偶尔去饭店娱悦一下胃，大多时候都是用饼干糕点维持生命。但是一想到这世界上来了一个叫自己"爷爷"的人，爷爷的心里就既充实又幸福，比中了百万彩票都心满意足。更神奇的是，一想到她是孩子的孩子，延续的延续，心就变得无比柔软，看到仇人都想亲一口。

生下吉茹娜以后，爷爷奶奶去呼和浩特的次数多了。奈曼到呼和浩特有两千多里路，吉茹娜的爷爷奶奶乘火车、高铁、轿车、飞机，走了很多回。把白天黑夜乘坐各种交通工具来回走的路程加起来，差不多绕半个地球了。这倒没什么，爷爷奶奶享受这样的旅行。

孩子和小草按天数疯长。成长的孩子在梦中笑，平时开心地笑，用可爱的小手抓东西，翻身，到处爬，跟她说"鼻子，鼻子"她就指鼻子，说"眼睛，眼睛"她就指眼睛，蹒跚走路，咿呀学语，这一切都会给爸爸妈妈、爷爷奶奶带来无法形容的喜悦。在别人眼里这都是普遍现象，但是对骨肉相连的亲人来说这就是奇迹。呱呱落地后除了吃奶什么也不知道，再到会爬、会走、会咿咿呀呀说话，这不是奇迹是什么。承蒙生命恩赐，呼吸空气，喝水，用奶食填饱肚子，在太阳月亮星星下，在草木花朵果实中，踩着世间的尘土活着。大多数人觉得这很平常，其实这都是生命的奇迹，只有那些看着可爱的婴儿一天比一天长大的至亲才更容易发现这个奇迹。于是，更加欣赏生命、热爱生命、珍惜生命。

吉茹娜出生后连续三年跟着爸妈回到奈曼旗政府所在地大沁

塔拉镇跟爷爷奶奶一起过年。第一年，吉茹娜的爸爸妈妈带着出生还不到三个月的吉茹娜，从呼和浩特开十二个小时的车回了大沁塔拉。他们事先没告诉爷爷奶奶来大沁塔拉的事儿，想给他们一个惊喜。像花蕾的化身一样小小的孙女第一次光临家里，爷爷奶奶高兴得不知所措。吉茹娜来过年，爷爷晚上写作的时间就少了，他用更多时间哄吉茹娜、抱吉茹娜。奶奶洗吉茹娜的衣服、被子，给爸爸妈妈和爷爷做饭，还轮番哄吉茹娜，比平时可忙了几倍。在大沁塔拉生活的吉茹娜的曾祖父曾祖母看到吉茹娜也是一片欢喜。四世同堂迎接新年，真可谓是喜上加喜。

庚子年前夕，吉茹娜跟着爸爸妈妈来大沁塔拉过年，正赶上吉茹娜的爷爷感冒了。不知是冷热交替还是长途跋涉，或是爷爷的感冒传染的，吉茹娜来的第二天也感冒了。全世界都在闹腾着疫情的时候咳嗽感冒可是个大事儿。虽然吉茹娜的爷爷发烧打蔫，浑身骨头都在疼，但是吃几粒药后照样哄她抱她。搁在平时，爷爷早已卧病在床，输几瓶液了。孙女睡醒了就找爷爷，跟爷爷最亲，所以他咬着牙，忍受着骨头疼痛，一直抱着她哄着她。就那样跟吉茹娜纠缠几天，烧退了，感冒好了，骨头也不疼了。内心涌出的爱比任何灵丹妙药都管用啊。

照顾吉茹娜，跟她一起度过每一天，是爷爷奶奶最快乐幸福的事情。但是整天看她也是个累人的活儿。别说年迈的爷爷奶奶，就是年轻的爸爸妈妈也会筋疲力尽。当然，吉茹娜不会整天闹着让人抱。她找到一个新奇的玩具能玩几个小时。对大人来说盯着孩子玩玩具没什么意义，但是对孩子来说玩玩具跟大人看书、跳舞、看电影、吃好饭、开好车一样有意义。

吉茹娜的奶奶看她玩玩具，有时候无聊了就看手机。吉茹娜的妈妈不乐意，批评奶奶，因为吉茹娜的妈妈和奶奶像亲母女一样无话不谈。

吉茹娜的爷爷带吉茹娜玩的时候再累也不倦，再忙也不惜为她付出时间。爷爷特别宠爱她，所以她想要什么玩具都买给她，想吃什么也都买给她。吉茹娜爱吃的不是糖就是雪糕，不是巧克力就是糕点。她的妈妈说这些东西吃多了对孩子的身体不好，所以一般不给吃，看到爷爷买也会坚决反对。爷爷不忍心看吉茹娜吃不到爱吃的东西垂头丧气的样子，于是妈妈不在跟前的时候悄悄地买回来偷偷地给她吃。爷爷再三嘱咐吉茹娜："不要跟妈妈说，妈妈会生气的。"可她跟妈妈"汇报"跟着爷爷去了哪儿、玩了什么的时候，顺便也"汇报"吃了什么。吉茹娜就这样把爷爷推进了难堪的境地。不好对公公说硬话，所以妈妈巧妙地提醒："吉茹娜吃零食就不好好吃饭。糖吃多了蛀牙……"吉茹娜的爷爷只能说："好的，好的，以后不让吃。"之后有一次，爷爷带吉茹娜去游乐场的路上，按她的请求又给买了一小袋糖。对爷爷来说她妈妈的提醒远没有吉茹娜的请求有效。爷爷看她津津有味地吃着糖，就张开嘴说："给爷爷吃几颗吧。"爷爷怕吉茹娜吃那些糖后真的会长蛀牙，想分担一两颗。她用胖乎乎的小手拿了一颗糖放进爷爷的嘴里说："爷爷，你的牙齿被虫子吃了我可不管哟。"这其实是她妈妈经常跟她说的话。爷爷听了吉茹娜的话不禁想笑。

爷爷带吉茹娜去得最多的地方不是游乐场，而是书店。到了书店，吉茹娜自己选书。她抱紧喜欢的书说："我喜欢这本书。"看到有些书就说："这本书我也有。"她记得看过的书的封面和里面的插图，所以不会重复买。她每次只挑自己没看过而且喜欢的书。现在的书店，符合儿童兴趣的书很多。吉茹娜喜欢有贴画的书，也喜欢图画故事书。她把贴纸揭下来，贴在书上有箭头的地方，贴在衣服上、桌椅上，一淘气还会贴在爷爷的脸上。吉茹娜一页一页地翻故事书，让爷爷讲给她听。她连续看几个小时都不烦，真是个故事迷。

吉茹娜的爷爷教吉茹娜画画、写字。吉茹娜的爸爸是学美术的，妈妈是学雕塑艺术的，她继承了爸妈的基因，画画很灵巧。她画太阳、月亮、人、动物都很有感觉。网上说的不是空穴来风，"奶奶带大的孩子爱跳舞，爷爷带大的孩子爱写写画画，妈妈带大的孩子喜欢打扮，爸爸带大的孩子沉迷手机。"

谁都希望把孩子培养成好孩子、好人、优秀的人。但是把孩子培养成一个像模像样的人，尤其是把孩子培养成一个优秀的人可不是那么容易的事儿。带孩子有多麻烦，有多累，当爸妈的知道，当爷爷奶奶的也知道。同样，带孩子有多快乐，有多幸福，只有当爸妈的人、当爷爷奶奶的人才知道。

三

不知不觉中，吉茹娜三周岁了。吉茹娜沿着所有成长中的孩子的脚步先学会说话，再学会走路。刚开始学说话，说一些谁也听不懂的"外星话"，后来慢慢学会了"爸爸、妈妈、爷爷、奶奶"这些称呼。她自己很会造新词，比如，她把"兔子"说成"兔纸"，把"疼"说成"么么那"，把护士叫"缸阿姨"，把脸上有痣的爸爸的好友叫"痣叔叔"……

三岁的吉茹娜能用孩子的语言完整地表达出自己的意思。有一次，她妈妈在床上铺了一床长颈鹿图案的新床单，奶奶去坐铺着新床单的床，吉茹娜着急地说："奶奶，不要坐在长颈鹿上，长颈鹿会哭的。"孙女这么爱护动物，奶奶很高兴，赶紧站起来说："扎，扎，奶奶这就起来。"吉茹娜用小手抚平褶皱的"长颈鹿"。怕画里的长颈鹿哭泣，这是多么可爱的童心啊！

吉茹娜喜欢听故事。有一次，她妈妈给她讲故事的时候说：

"月亮上有兔子，也有仙女。"

吉茹娜眨巴着眼睛问：

"那月亮上没有叔叔吗？"

妈妈不知道怎么回答女儿的问题，就笑了。

还有一次，吉茹娜看见爷爷做眼保健操，奇怪地问：

"爷爷在干什么？"

"做眼保健操呢。"爷爷说。

"爷爷一会儿做头发保健操吧。"吉茹娜笑着说。

孩子的联想真是很特别。

经常跟吉茹娜一起玩的小姐姐跟父母搬到了别的地方。没有玩伴的吉茹娜犯难了，说：

"妈妈，给我生个姐姐吧。"

小吉茹娜怎么会知道只有可能生妹妹，不可能生姐姐呢？

有一次，吉茹娜看到画里的葡萄嘴馋了，她咽着口水转身闭上了眼睛。她妈妈问："怎么了，我的闺女？"

吉茹娜瞥了一眼画里的葡萄，偷偷地咽了咽口水。

妈妈笑着说："我姑娘想吃画里的葡萄了？"

吉茹娜眯着眼睛笑着，不好意思地点头。

爷爷以这件趣事儿为题材写了一首儿歌：

有个小姑娘

名叫吉茹娜

看见画里的葡萄

偷偷流下了口水

哭吧闹吧买来吃

不行不行羞羞羞

轻轻咽下口水

紧紧闭上眼睛

怎么了？我的小宝贝

妈妈歪头问她

小吉茹娜盯着画

嘟着小嘴沉默了

画里的葡萄好害怕

瞪着圆溜溜的眼睛

慌里慌张地喊道

阿姨，阿姨，你快看

你的吉茹娜想吃掉我……

冬天的一个雪天，吉茹娜跟妈妈一起去超市。吉茹娜在小区里盯着飘落在侧柏和松树上的雪说："妈妈，那树在雪中冷得发抖呢吧？我脱下外套给树穿上吧？"

妈妈说："树很抗冻。下雪也不冷。"吉茹娜还是半信半疑，仍旧观察着树冷不冷。

受吉茹娜的那句话启发，爷爷又写了一首儿歌：

下雪了

下雪了

那边的车上

落满了白雪

脱下我的小外套

给车披上吧妈妈

雪下得再大

车也不会冷得缩头了

下雪了

下雪了

对面的树上

落满了白雪

摘下我的小帽子

给树戴上吧妈妈

雪下得再大

树也不会冷得发抖了

　　孩子和诗歌永远那么接近。尤其是刚学说话的几年，孩子总能说出诗人想不到的新鲜、幽默、可爱的，有时候甚至让人尖叫的诗歌的语言。用那些新鲜的、幽默的、可爱又让人尖叫的诗歌语言写儿童诗歌是容易的。所以这个年龄的孩子的父母，或者像我一样当爷爷的作家诗人从孩子的话里寻找诗歌的灵感，写儿童诗歌的很多。当然，不仅仅是孩子的一两句话，从孩子的嬉闹玩耍、撒娇等各种举动中得到诗歌灵感，写儿童诗歌的也不少。不跟孩子接近，不跟孩子做伴，不细致地了解孩子的思想思维的话不可能写出好的儿童诗歌。只有接近孩子思维的儿童诗歌才被孩子喜欢。大人读那样的儿童诗歌，心也会被清洁，萌生希望的美。

吉茹娜过三周岁后更会说话了。这应该是她开始懂事儿、开始理解事物的表现。

一天中午，吉茹娜用微信多人视频窗口，跟还在服装店的奶奶和中午回家热饺子吃的爷爷聊天。奶奶的妹妹正好在服装店，看到吉茹娜吃棒棒糖就说：

"把糖给小奶奶吧，行吗？"平时吃不到糖的吉茹娜虽然舍不得糖，但是没说不给。她笑着说："很远呢……给不了。"

小奶奶说："那以后来我们这儿给吧。"

吉茹娜笑着说："我找不到你们家。"

姐妹俩听了大笑一会儿，赞叹道："多么懂事的姑娘！"

从视频上看见爷爷在吃饺子，小奶奶逗吉茹娜说：

"我去你爷爷那儿吃饺子吧。"

吉茹娜还是笑着说："不行，以后去吧。"

小奶奶说："为什么不行呢？"

吉茹娜说："不害羞吗？"

奶奶和小奶奶见吉茹娜的智慧不输给大人，既惊讶又欣慰。大孩子说这些话不奇怪，但是刚过三周岁的小姑娘谁也没有教的情况下说这些话，足以证明她的聪明懂事。

给这么可爱、这么聪明、这么懂事的孙女留点什么呢？留什么样的世界给她呢？吉茹娜的爷爷总在想。想着想着，有时候迷失于黑色的复杂中，有时候陷入黯淡的悲伤中，有时候生起明媚的向往，有时候也萌发明亮的信心。

每个当爷爷的人都希望给子孙留下自己想留下的所有，尤其想留给子孙和他的同龄人，不被战争的威胁裹挟的、不被瘟疫的痛苦折磨的、不被邪恶的黑心欺骗的、不被水火的灾难冲击的——和平、健康、自由、安全又让真理主宰的世界。每个当爷爷的人都会这么祈祷。人类命运在同一片天空下，每个孩子未来的命运也在同一片天空下。谁都希望孩子有个光明的未来，没有一个人希望孩子有昏暗的未来。所以，吉茹娜的爷爷想跟全世界政治家、科学家、企业家、作家艺术家、军人警察、工人、公务员、农牧民，还有不同肤色的孩子们的爷爷订一条合约：一起齐心协力留给后代一个美丽的世界。那该多好啊！这个愿望跟仁·斯琴朝克图的儿童诗歌《我们把地球给孩子》的意思是一样的：

> 让我们把地球给孩子
>
> 完美无缺地交给孩子
>
> 加上我们美丽的创造
>
> 明净晴朗地还给孩子……

原载《花的原野》2022 年第 2 期

译于 2023 年

图书在版编目（CIP）数据

梦中的白马 / 内蒙古翻译家协会编 . -- 北京：作家出版社，2025.7. --（优秀蒙古文文学作品翻译出版工程）.

ISBN 978 - 7 - 5212 - 3511 - 1

I . I267

中国国家版本馆 CIP 数据核字第 20253V9Y09 号

梦中的白马

编　　者：内蒙古翻译家协会
特约编辑：陈晓帆
责任编辑：袁艺方
装帧设计：孙惟静
蒙古文题字：艺如乐图
出版发行：作家出版社有限公司
社　　址：北京农展馆南里 10 号　　邮　　编：100125
电话传真：86 - 10 - 65067186（发行中心）
　　　　　86 - 10 - 65004079（总编室）
E - mail: zuojia@zuojia.net.cn
http: // www.haozuojia.com
印　　刷：唐山嘉德印刷有限公司
成品尺寸：152 × 230
字　　数：110 千
印　　张：9.75
版　　次：2025 年 7 月第 1 版
印　　次：2025 年 7 月第 1 次印刷
ISBN 978 - 7 - 5212 - 3511 - 1
定　　价：38.00 元